Johann Christian Brandes

Was dem Einen recht ist, ist dem Anderen billig

Ein Lustspiel in drei Aufzügen

Johann Christian Brandes

Was dem Einen recht ist, ist dem Anderen billig
Ein Lustspiel in drei Aufzügen

ISBN/EAN: 9783743371163

Hergestellt in Europa, USA, Kanada, Australien, Japan

Cover: Foto ©Andreas Hilbeck / pixelio.de

Manufactured and distributed by brebook publishing software (www.brebook.com)

Johann Christian Brandes

Was dem Einen recht ist, ist dem Anderen billig

Was dem Einen recht ist,
ist dem Andern billig.

Ein

Lustspiel in drey Aufzügen

von

Johann Christian Brandes.

Grätz 1797.

Personen.

von Valmour.

Rosalie, dessen Gemahlinn.

Henriette von Lindenhayn, Rosaliens Freundinn.

Baron von Sternberg.

Julchen, Rosaliens Kammermädchen.

Franz, ein Bedienter des Herrn von Valmour.

Erster Aufzug.

Erster Auftritt.

von Valmour. Baron von Sternberg.

Baron.

Ich komm' ihnen doch nicht ungelegen, lieber Valmour?

v. Valmour. Auf keinen Fall, Baron! Sie sind mir alle Mahl willkommen! Aber ich muß um Verzeihung bitten ⸗⸗⸗

Baron. Warum?

v. Valmour. Sie finden mich heute so unleidlich, mürrisch, mit mir selbst unzufrieden ⸗⸗⸗

Baron. Ist ihnen vielleicht etwas Verdrießliches zugestoßen?

v. Valmour. Das nicht! aber ⸗⸗⸗

Baron. Nun?

v. Valmour. Sie werden es für eine Grille halten, und doch ist diese sogenannte Grille die Urquelle eines Kummers, der mich unaufhörlich martert, mich oft aus aller Fassung bringt.

Baron. Sie spannen meine Erwartung!

v. Valmour. Ich habe eine Frau — —

Baron. Und gewiß eine sehr liebenswürdige! Ich dächte, der bloße Gedanke an sie, müßte sie schon aufheitern.

v. Valmour. Mich aufheitern? O Baron! Eben dieser Gedanke drückt mich zu Boden! Ich war sonst glücklich, lebte ruhig, zufrieden, von allem Zwange entfernt ---

Baron. Und nun?

v. Valmour. Ist alles verloren! Vergnügen, Freyheit, Zufriedenheit --!

Baron. Seit wann?

v. Valmour. Seit dem unglücklichen Augenblick, da ich Rosalien die Hand reichte!

Baron. Sie beunruhigen mich, Freund! Sollte Rosalie ---

v. Valmour. Nennen sie sie Frau! Meine Frau! Und sie finden in dieser verhaßten Benennung das ganze Gemählde meines Unglücks.

Baron. Unbegreiflich! Rosalie — diese liebenswürdige, liebreiche Gattinn ---

v. Valmour. Nicht Rosalie; die Gattinn ist die Ursache meines Kummers! Rosalie hat für mich Reitze, vorzügliche Reitze! aber die Gattinn ---! O! wie kalt, schaal und ekel sind doch alle sogenannte Freuden des Ehestandes.

Baron (lachend.) Sie haben den Magen überladen, Freund; des Guten zu viel genossen!

v. Valmour. Lachen sie nicht, Baron! Auch sie kommen an die Reihe! Nützen sie meine Erfahrung, weil es noch Zeit ist! Vor der Heirath träumt sich fast ein Jeder einen Himmel voll Freuden! aber kaum hat uns der Priester, durch seinen Segen, unser Eigenthum zugesichert, so erwacht man aus diesem betriegerischen Taumel; man sieht sich in einem Kerker eingeschlossen, wo uns mit jedem Morgen die Pflicht zuruft: Du hast eine Frau! Du mußt sie lieben, mußt mit ihr dein ganzes Leben durchwandeln, mußt ···

Baron. Und könnte ihnen die Beobachtung einer so süßen Pflicht bey Rosalien wohl schwer fallen?

v. Valmour. Aus freyer Wahl würde ich sie anbethen; ihre Schönheit, ihre Tugenden verdienen es; aber, aus Zwang, die Gattinn lieben müssen, ist ein Widerspruch, der die Natur empört!

Baron. Was wäre denn eigentlich ihr Wunsch?

v. Valmour. Zu scherzen, zu tändeln, zu lieben — nach Willkühr, nicht aus Pflicht; den Trieben meines Herzens ohne Vorschrift, ohne Rücksicht zu folgen ···

Baron. Da guckte schon wieder der junge feurige Franzmann hervor! Bedenken sie, lieber Freund, daß sie sich jetzt in Deutschland und nicht in Paris befinden, daß ···

v. Valmour. Ich bedenke alles, lieber Freund; bin auch mit allem zufrieden, habe nichts zu erinnern, als bloß den Zwang, das Aengstliche, Pflichtmäßige ...

Baron. Hm! Wenn ich sie recht verstehe, so müßte Rosalie sich also bloß als eine Liebhaberinn gegen sie benehmen, mit ihren Nebenbuhlerinnen um den Besitz ihres Herzens wetteifern, und im Fall ihr der Sultan das Schnupftuch verweigerte und einer andern zuwürfe, sich, gleich vielen ihrer Mitschwestern, der lieben Mutter Geduld in die Arme werfen?

v. Valmour. Dadurch würde sie unendlich gewinnen!

Baron. Aber, lieber Valmour! Wenn nun aus Scherz Ernst würde und sich in der That ein Roman mit irgend einer Schönen anspönne?

v. Valmour. In dem Fall würd' ich meiner Frau das Recht zugestehen, ihn zu prüfen, zu ordnen und die Stelle einer Vertrauten dabey zu übernehmen.

Baron. Wie? Ihre eigne Frau sollte ...

v. Valmour. Warum nicht? Um so mehr könnt' ich mein Benehmen bey ihr rechtfertigen.

Baron. Der Gedanke ist neu! Ja — unter der Bedingung müßte sie freylich wohl ein Auge zudrücken, wenn sich ein Mahl ein Gegenstand zu einer solchen Seitenunterhandlung finden sollte ...

v. Valmour. Bravo, Baron! Sie sind nachsichtsvoller als ich es vermuthete! (Vor sich, lächelnd) Ob ich es ihm wohl vertraue ...?

Baron. Sie lachen mir so schalkhaft, Freund! Fast wollt ich wetten, es wäre schon so ein Plänchen im Werke!

v. Valmour. Je nun! So eine Art von Herzensangelegenheit könnte wohl existiren.

Baron. Ey, ey! Daher also die Liebe zur Freyheit! Und die Heldinn ihres Romans — Darf ich sie kennen?

v. Valmour. Das süßeste, reitzendste, liebenswürdigste Mädchen, welches je die Natur schuf! Ein Engel, eine Göttinn in menschlicher Gestalt!

Baron. Behüthe und bewahre! Sie ist doch nicht etwa gar aus irgend einem Planeten herabgestiegen, um uns armen Erdbewohnern das Gehirn zu verrücken?

v. Valmour. Scherzen sie nicht, Freund! Trotz ihrer Grönländischen Kälte könnten sie selbst Gefahr laufen —!

Baron. Nun? Wer ist denn diese so allgewaltige Zauberinn?

v. Valmour. Sie kennen doch das Fräulein von Lindenhayn?

Baron. Henriette?

v. Valmour. Sie selbst! Sie ist der Abgott, dem ich huldige.

Baron (vor sich, lächelnd.) Je, der Schäker! Geht mir ins Gehege!

v. Valmour. Als Kenner des schönen Geschlechts, müssen sie meine Wahl schlechterdings rechtfertigen!

Baron. O, vollkommen! Aber wie nimmt sich denn ihre Schöne bey ihren Anträgen?

v. Valmour. Ja, so weit sind wir noch nicht! Die Anträge sollen erst gemacht werden.

Baron. Ja so, das ist was anders! Aber, wenn ich mich nicht irre, so sind Henriette und ihre Frau vertraute Freundinnen —

v. Valmour. Desto besser! Um so öfter und ungestörter kann ich sie sehen und sprechen! Meine Absicht geht eigentlich dahin —

Baron. Ihre Frau kömmt! Sie wollen sie ja bey ihren Liebeshändeln zur Vertrauten wählen — Wie wäre es, wenn sie ihr, je eher je lieber, ihre Absichten auf Henrietten entdeckten und ihre Meinung darüber vernehmen?

v. Valmour. Das könnt' ich freylich —! Aber zuvor wünscht' ich doch zu wissen —

Baron. Vielleicht ist ihnen meine Gegenwart bey einer so interessanten Entdeckung hinderlich; sie erlauben also —

v. Valmour. Nicht doch, Baron —

Baron. Besser ist besser! So etwas können sich Leute von Ton höchstens nur unter vier Augen sagen — Mich rufen so ein'ge wichtige Geschäfte — Also, bis auf Wiedersehen! (Geht ab.)

―――

Zweyter Auftritt.

Rosalie. Julchen geht durch das Zimmer in ein Cabinet. v. Valmour.

Rosalie. Guten Morgen, lieber Valmour! Ey, ey! Heißt das Wort gehalten? Schon seit fünf Uhr erwarte ich sie im Garten und sie kommen nicht?

v. Valmour. Sie werden verzeihen, Rosalie! Früh hatt' ich in meinem Cabinete Verrichtungen, die keinen Aufschub litten, und in der Folge verhinderte mich ein Besuch des Baron von Sternberg ---

Rosalie. Er war auch bey mir.

v. Valmour. Desto-besser! So hat es ihnen wahrscheinlich nicht an Unterhaltung gefehlt.

Rosalie. Das nicht; aber wir hätten sie so gern als den dritten Mann bey uns gesehen! Der Morgen war so schön, unser Gespräch so interessant ---!

v. Valmour. Darf ich fragen ---

Rosalie. Es betraf mehren Theils philosophische und moralische Gegenstände; unter andern ein Capitel über das Glück der Ehe.

v. Valmour (frostig.) Ueber das Glück der Ehe? Nun, die Betrachtung muß sehr erbaulich gewesen seyn!

Rosalie. Für mich ungemein unterhaltend! Ich dachte mir dabey mein eignes Glück, sah mich als die Gattinn eines Mannes, den ich so herzlich liebe, empfand den ganzen Werth seiner Zuneigung, dachte mir den stolzen Gedanken ~~~

v. Valmour. Zu viel! Viel zu viel, Rosalie! Recht gut, daß ich nicht gegenwärtig gewesen bin; ich würde nicht die Hälfte von dem allen gedacht, und empfunden haben!

Rosalie. Sie sind freylich kein Freund ernsthafter Betrachtungen; aber meine Gesinnungen über diesen Punct ~~~

v. Valmour. Sind für mich ungemein schmeichelhaft; aber sie werden mir verzeihen, wenn ich ihnen offenherzig gestehe, daß sie, nach einer Ehe von sieben Monathen, ziemlich romanhaft klingen und ein wenig Empfindeley und Schwärmerey verrathen.

Rosalie. Lieber Valmour! Könnten sie wohl so grausam seyn ~~~

v. Valmour. Das bin ich nicht! Ich bin nur ein Freund der Natur und Wahrheit.

Rosalie (vor sich.) Des Barons Vermuthung ist gegründet! Ich muß nur seinem Rathe folgen und der Grille meines Wankelmüthigen selbst das Wort reden.

v. Valmour (etwas sanfter.) Meine Absicht ist nicht, sie durch dieß offne Geständniß meiner Meinung zu kränken, sondern nur ihre Empfindungen ein wenig herabzustimmen, ihnen eine natürliche Richtung zu geben. Ueberlegen sie es nur selbst! Schon sieben ganzer Monathe sind wir verheirathet und noch kosen und tändeln sie mit mir, als ein Kind mit seiner Weihnachtspuppe! Was muß die Welt von uns urtheilen?

Rosalie. Sie werden verzeihen, lieber Valmour! Im Grunde haben sie Recht — aber ...

v. Valmour. Wenn sie das nur einsehen!

Rosalie. Wenn ich es recht bedenke — —! Es klingt allerdings ein wenig lächerlich, einem Ehemanne dergleichen empfindliche Wahrheiten von Liebe, zärtlicher Zuneigung und dergleichen so geradezu ins Gesicht zu sagen —

v. Valmour. Und das nicht selten vor allen Leuten!

Rosalie. Nun gut! beruhigen sie sich nur! Es soll nicht wieder geschehen. Ich werde von nun an ... Aber — wollen sie denn in allem Ernst einen alten Ehemann vorstellen?

v. Valmour. Einen abgelebten Greis, sobald die Rede vom Ehestande ist!

Rosalie. Je nu! Wenn sie durchaus wollen, so muß ich mir es freylich schon gefallen lassen — Aber, lieben darf ich sie doch noch?

v. Valmour. Nun ja ...! (Stutzt) Ich glaube, sie haben mich zum Besten!

Rosalie. Bey dieser letzten Frage könn' es wohl möglich seyn! Denn ihre Antwort mochte ja oder nein ausfallen, so würd' ich mir das Recht, meinen sogenannten Ehekrüpel von Grund des Herzens zu lieben, doch auf keinen Fall nehmen lassen.

v. Valmour. Nur nicht vor den Leuten; das verbitt' ich! Auch fordert der Wohlstand, daß sie den Schwall von verliebten Benennungen: Mein Liebster, mein Bester, mein Schatz und so weiter schlechterdings aus unsern Unterredungen verbannen; hauptsächlich in Gesellschaften.

Rosalie. Wenn sie so befehlen! Also — schlechtweg! Mein Herr?

v. Valmour. Ja; die Benennung ist anständig! Oder auch, wenn sie von mir in Gesellschaften sprechen — Herr von Valmour — höchstens mein Mann!

Rosalie. Und diese letztre Benennung vermuthlich nur an Galla- und Feyertagen?

v. Valmour. Je seltner, je besser!

Rosalie. Nun gut! Ich will mich schon gewöhnen. Aber, in Ansehung unsers Umgangs — wie werden wir da miteinander leben? Vermuthlich so, auf einen gewissen Fuß ...?

v. Valmour. Je nu! Wir werden leben, wie — wie Leute von Welt leben müssen. Unter vier Augen, als Personen, die einander so — ganz gut sind; in Gesellschaften aber, so entfernt als möglich! Ich, zum Beyspiel, werde mir zuweilen das Ansehn geben, als wenn ich noch unverheirathet wäre ...

Rosalie. Allerliebst! Die Einrichtung gefällt mir! Und — im Fall sie eine oder die andere Dame liebenswürdig finden sollten, so bitt' ich mir es aus, das sie auch wieder geliebt werden; denn sonst ---

v. Valmour. Das wollten sie?

Rosalie. Keine Frage! Es muß ja für mich außerordentlich schmeichelhaft seyn, wenn mein Geliebter — Gemahl! — nicht doch! — Herr von Valmour wollt' ich sagen, auch von andern Damen geliebt wird; das macht meiner Wahl und meinem Geschmack Ehre.

v. Valmour. Rosalie!

Rosalie. Was befehlen sie?

v. Valmour. Sie spielen die Komödiantinn!

Rosalie. Nur die gefällige Freundinn!

v. Valmour. Mit Thränen in den Augen gaben sie vorhin dem Gespräche ganz plötzlich eine muntre Wendung, die ich geradezu nur als Grimasse annehmen kann. Ein so schleuniger Uebergang ---

Rosalie. Scheint ihnen unnatürlich? Wehe dann meiner Kunst, wenn ich als Komödiantinn auftrete! Wenn nun aber das, was ihnen so unnatürlich scheint, meine wahren Gesinnungen wären, wenn ich es ihnen durch Handlungen bewiese --?

v. Valmour. Daran zweifl' ich sehr!

Rosalie. Es kömmt auf einen Versuch an. Im Ernst, lieber Valmour! Ich betaure ihren Kopf, daß er nicht richtiger eindringt, und ihr Herz, daß es nicht wärmer fühlt!

v. Valmour. Wie? Sie könnten sich in der That so sehr verläugnen ,,,?

Rosalie. Ich kenne nichts natürlichers, und für eine Ehefrau nichts vernünftigers, als der Nothwendigkeit zu weichen, und die Schwäche ihrer lieben Ehehälfte mit Geduld zu ertragen.

v. Valmour. Das könnten sie?

Rosalie. Stellen sie mich auf die Probe!

v. Valmour. Rosalie! Sie setzen mich in Erstaunen!

Rosalie. Und ich erstaune über sie, daß sie mich so verkenne!

v. Valmour. Ist's möglich? Sie sind ja eine ganz allerliebste Frau!

Rosalie. Ey, ey, mein Herr! Sie vergessen sich!

v. Valmour. So allerliebst, so unbegreiflich gefällig!

Rosalie. Viel zu vertraulich, mein Herr! Sie vergessen, mit wem sie reden!

Dritter Auftritt.

Franz. Vorige.

Franz (gibt seinem Herrn ein Billet.)

v. Valmour (es lesend.) Von der Gräfinn von Frankenstein — sie wünscht meine Gegenwart. (Zu Franz) Laß vorfahren.

Franz (geht ab.)

v. Valmour. Sie erlauben es doch?

Rosalie. Schon wieder? Sie vergessen ja ihre neue Einrichtung! Ohne Zwang, ohne alle Ceremonie!

v. Valmour. Sie bezaubern mich durch ihre Gefälligkeit! Also bis auf baldiges Wiedersehn!

Rosalie. Nach ihrer Bequemlichkeit, mein lieber — Herr von Valmour!

v. Valmour (geht ab.)

Vierter Auftritt.

Rosalie. Julchen.

Rosalie (klingelt.)

Julchen (kömmt aus dem Cabinet.) Gnädge Frau!

Rosalie. O Julchen! Ich bin glücklich, glücklicher als ich es erwartete! Er liebt mich noch. Seine ganze Veränderung entstand bloß aus einer Grille, woran sein Herz keinen Antheil nahm. Jetzt kenne ich seine Krankheit, und nun soll es mir hoffentlich auch nicht schwer fallen, sie zu heilen.

Julchen. Sie zu heilen? daß ich mir die Mühe nähme! Auf eine Ehescheidung müssen sie klagen, gnädige Frau, wenigstens von Tisch und Bette! Ich habe alles mit angehört.

Rosalie. Wie? Du unterstehst dich—

Julchen. Ohne Absicht so schöne Entdeckungen zu machen. Ich befand mich hier neben bey, in dem Cabinete, ihren Putz auf morgen in Ordnung zu bringen. Schrecklich, himmelschreyend ist es, seiner eignen Frau zu sagen, daß man sich ein ganzes Serail von Liebhaberinnen zulegen will! Das wäre eine schöne Eheordnung! Was? Auf sechs Monathe wollten uns die Männer nur heirathen, und dann= = =! Nein! Lieber wollt' ich doch zeitlebens Jungfer bleiben, so wüßt' ich doch, woran ich wäre.

Rosalie. Das steht bey dir! Mich gereut es noch keinen Augenblick, mein Herz verschenkt zu haben.

Julchen. O freylich! Was sie sich nicht alles dabey zu gute thun können! Ihre Ehe ist eine ganz unerschöpfliche Quelle von Vergnügungen!

Rosalie. Du nimmst die Sache von einer ganz falschen Seite!

Julchen. Von der allernatürlichsten, gnädige Frau! Ich urtheile nach dem, was ich sehe und höre. Was sie ihrem Herrn Gemahl für Grille anrechnen, ist unverzeihlicher Leichtsinn, offenbare Untreue! Das will ich ihnen nicht bloß sagen, sondern auch beweisen.

Rosalie. Der Beweis möchte schwer fallen!

Julchen. So leicht als möglich! Hier — dieß Papier — geruhen sie es nur zu lesen.

Rosalie. Was ist es?

Julchen. Ein höchst zärtliches poetisches Liebesbriefchen an das Fräulein von Lindenhayn.

Rosalie. An Henrietten?

Julchen. Lesen sie nur die Ueberschrift! Ich fand es gestern in einem Buche, das der gnädge Herr in einer Laube unsers Gartens, vermuthlich aus Zerstreuung, zurückgelassen hatte. Ich trug anfänglich Bedenken, sie dadurch zu beunruhigen; aber jetzt, da er ihnen selbst seinen Leichtsinn gesteht, und sie doch noch Zweifel finden —

Rosalie (das Gedicht vor sich lesend.) Feurig — stark — reitzend – –! Die Pointe ist allerliebst! Hier ⸺ (Es an Julchen zurückgebend.)

Julchen. Nun? Wollen sie es nicht behalten —

Rosalie. Was soll ich damit?

Julchen. Es dem gnädgen Herrn zeigen, ihn beschämen, von seiner Untreue überführen!

Rosalie. Ein Gedicht ist kein Beweis. Leg' es wieder hin, wo du es gefunden hast.

(Setzt sich an einen Schreibtisch, schreibt ein Paar Zeilen, und klingelt.)

Fünfter Auftritt.

Franz. Vorige.

Franz. Ihr Gnaden!

Rosalie (siegelt das Billet mit einer Oblate, und gibt es an Franz.) Dem Fräulein von Lindenhayn — Ich ließe sie bitten, ja bald zu kommen!

Julchen (vor sich.) Um sie zur Rede zu stellen; ganz recht!

Rosalie (zu Franz.) Ich erwartete sie noch diesen Vormittag; ich hätte Gesellschaft, die ihr angenehm seyn würde; auch möchte sie sich so einrichten, daß sie den ganzen Tag bey mir bleiben könnte.

Franz. Ganz wohl! (Geht ab.)

Sechster Auftritt.

Rosalie. Julchen.

Julchen. Nun, das übersteigt doch alle meine fünf Sinne! Dem Ungetreuen die Nebenbuhlerinn noch gar unter die Augen zu führen! Fast scheint es, als wollten sie den gnädgen Herrn mit Vorsatz ‒ ‒

Rosalie. Und mir scheint es, als wenn du meine Geduld und Nachsicht auf die Probe stellen wolltest! Meine Zuneigung und ein langjähriger Umgang berechtigen dich auf keinen Fall, unverschämt zu seyn! Geh an deine Verrichtungen!

Julchen. O, sehr gerne! Ich muß so ein Präservativ gegen die Galle einnehmen, damit meine Gesundheit, bey allen Erfahrungen, die ich heute schon gemacht habe, und noch machen werde, keinen Schiffbruch leidet. (Geht ab.)

Siebenter Auftritt.

Rosalie.

Sogar Unrecht hast du nicht, gutes Mädchen! Aber heute mußt du es mir verzeihn, wenn ich deinen Eifer für mein Bestes zu verkennen scheine. (Nach einigem Nachdenken) Noch ein Glück, daß mein Wildfang mit seiner Wahl auf Henrietten gefallen ist! Bey aller ihrer Munterkeit, und ihrem scheinbaren Leichtsinn, ist sie vernünftig und bis zur Strenge tugendhaft! Meiner Absicht gemäß, soll sie... Stille! Mein Ferdinand kömmt — Jetzt muß ich wieder an meine Rolle denken.

Achter Auftritt.

von Valmour. Rosalie.

Rosalie. Wie? Schon wieder zurück, Herr von Valmour?

v. Valmour. Die Gräfinn erhielt so eben einen unerwarteten Besuch von ihrem Banquier, mit dem sie ein'ge nothwend'ge Geschäfte abzumachen hat; sie wird aber, sobald solche geendigt sind, hier vorfahren, und mich zu einem Dejeune bey dem Oberkammerherrn von Waldberg abhohlen. Wie ich beym Aussteigen vernahm, so haben auch sie sich Gesellschaft gebethen?

Rosalie. Für sie und mich. Ich weiß, daß sie das Fräulein von Lindenhayn gerne sehen.

Sie hat ungemein viel Witz und Munterkeit, und wird uns durch ihre Gegenwart einen vergnügten Tag machen. Sie kommen doch von ihrem Dejeune bald wieder zurück?

v. Valmour. Sobald als möglich! Aber, wie fallen sie heute eben auf den Gedanken?

Rosalie. Je nu! Wie man so auf etwas fällt! Hauptsächlich wünscht' ich ihnen so gern eine angenehme Unterhaltung zu verschaffen; denn mit einer Frau beständig allein zu seyn, ist überhaupt einem halbverjährten Ehemanne gar nicht zuzumuthen.

v. Valmour. Sie reden wie ein Engel, Rosalie! Ach! Wenn sie nur nicht meine Frau wären!

Rosalie. Denken sie, als wenn ich's nicht wäre. Ich wenigstens werd es sie auf keinen Fall empfinden lassen. Der bloße Titel, Frau, kann ihnen doch unmöglich einen solchen Widerwillen gegen mich einflößen!

v. Valmour. O Rosalie! Ich schätze, verehre sie — unaussprechlich! Ich würde sie sogar lieben, wenn ••• Kurz! Wenn wir einander gleich nicht als Eheleute lieben können, oder eigentlich, Wohlstands halber, nicht lieben dürfen, so wollen wir doch wenigstens, der Welt und der Mode zum Trotz, Freunde seyn.

Rosalie. Wie sie wollen. Nennen sie mich Frau, Geliebte Freundinn — gleichviel! Wir können uns auch als Freunde recht herzlich lieben, und doch der Welt kaum merken lassen, daß wir mit einander verehlicht sind.

v. Valmour. Das ist alles was ich wünsche!

Rosalie. Und mein Wunsch ist der ihrige. (Ihm die Hand gebend) Der Vertrag wäre also geschlossen?

v. Valmour. Völlig! Wir sind von nun an Freunde!

Rosalie. Ein Paar der zärtlichsten Freunde, die allen andern Freunden zum Muster dienen sollen.

v. Valmour. Welch eine Frau sind sie! Ich kann mich nicht enthalten; ich muß sie zum ersten Mahl als Freund umarmen.

Rosalie. Ey, ey lieber Freund! Die Umarmung ist zwar sehr schön; aber für einen Freund viel zu zärtlich!

v. Valmour. Sollt' ich mich vielleicht vergessen haben? Ich muß es doch auf eine andre Art versuchen.. So! Wie war denn diese Umarmung?

Rosalie. Noch immer etwas zu feurig! Ich will es ihnen zeigen... Sehn sie — (Umarmt ihn ganz kalt, ohne zu küssen) So müssen sie es machen. Nun weiter in der Lection! Nicht wahr, lieber Freund, die Freundschaft fordert auch Offenherzigkeit, wechselseitiges Vertrauen?

v. Valmour. Allerdings! Ein ganz unbegränztes Vertrauen!

Rosalie. Das ist ja allerliebst! Wär' es ihnen denn nicht, beym Anfange unserer Freundschaft, gefällig, mir einen kleinen Beweis ihres Vertrauens zu geben?

v. Valmour. Mit Vergnügen! Wenn ich nur sogleich etwas wüßte, was sie interessiren könnte - - -

Rosalie. O, mich interessirt auch die geringste Angelegenheit meiner Freunde.

v. Valmour. Ich sinne hin und her - - - Ja — so eben fällt mir etwas bey; aber — ich weiß nicht, ob - - -

Rosalie. Wissen sie wohl, liebster Freund, daß die Vertraulichkeit nicht stocken darf?

v. Valmour. Nun gut! Wenn sie mir versprechen, nicht ungehalten zu werden, so will ich ihnen gestehn - - -

Neunter Auftritt.

Franz. Gleich darauf Henriette von Lindenhayn. Vorige.

Franz. Das Fräulein von Lindenhayn - - -
Rosalie. Sie ist uns willkommen!
Franz (geht ab.)
Rosalie. Nun wird unsre Unterhaltung gleich mehr Leben bekommen — Ich leg indeß Beschlag auf ihr Geheimniß!
Henriette (kömmt.) Nun, da haben sie mich, meine Beste!

Rosalie (Henrietten umarmend.) Willkommen, liebe Freundinn! Warum laſſen ſie ſich erſt anmelden? Ich habe ſie ja gebethen.

Henriette (feyerlich.) Erlauben ſie! Ich hörte beym Eintritt ins Haus ſo etwas von einem Tete a tete zwiſchen Mann und Frau — und ich weiß zu leben! (Sich verbeugend.)

Roſalie. Ha, ha, ha!

v. Valmour. Sie konnten uns nicht angenehmer unterbrechen!

Roſalie. Wie allerliebſt ſie angekleidet ſind! Nicht wahr! Valmour, unſre Henriette iſt heute reitzender als jemahls?

v. Valmour. Zum Entzücken!

Henriette. Wo haben ſie denn ihre Geſellſchaft?

Roſalie. Hier im Zimmer. Sie iſt freylich nicht ſehr zahlreich, aber deſto gewählter! Vors erſte, ihre Freundinn Roſalie, dann der Herr vom Hauſe —

Henriette. Ha, ha, ha! Der Herr vom Hauſe? Sie meinen doch nicht ihren Mann?

Roſalie. Allerdings!

Henriette. Und der iſt Herr im Hauſe?

Roſalie. Von Rechtswegen!

Henriette. O weh, o weh! Iſt es ſchon ſo weit mit ihnen gekommen?

Roſalie. Wundert ſie das?

Henriette. Ich bin darüber nicht allein verwundert, sondern sogar erschrocken! Ein Mann, Herr im Hause!

Rosalie. Freylich wird es ihrem künft'gen Manne etwas schwer fallen, die Herrschaft zu behaupten!

v. Valmour. Die wird er sich, an der Seite einer so vortrefflichen Gattinn, auch nicht wünschen.

Henriette. Ein feines Compliment für ihre Frau!

v. Valmour. Es wird für ihn unendlich angenehmer seyn, Befehle anzunehmen, als zu ertheilen.

Henriette. Befehle ertheilen? Das wäre doch unerhört, wenn die Männer es wagen wollten, ihren Frauen Befehle zu ertheilen! Knieend müssen sie, mit jedem Morgen, zu den Füßen ihrer Gebietherinnen Befehle erflehen, und das von Rechtswegen! Sollt' ihr Mann es sich nur ein einziges Mahl einfallen lassen, gegen diß ihm von mir vorgeschriebene Decorum zu sündigen, so appelliren sie nur sogleich an mich; seine Herrschaft soll gewiß ein Ende mit Schrecken nehmen!

Rosalie. Herr von Valmour ist in der Ausübung seiner Vorrechte bescheiden und gütig. Ich wünsche von Herzen, daß ihr künft'ger Mann es nicht wen'ger gegen sie seyn möge!

Henriette. O, das will ich ihm schon lehren! Uebrigens ist es noch eine große Frage, ob ich je eins von diesen herrschsüchtigen Geschöpfen zum Range eines Gemahls erheben werde.

Rosalie. Freveln sie nicht, Henriette.

Henriette. Ich könnte allen Falls schwören.

Rosalie. Sie müssen aber auch zugleich schwören, ihren Schwur zu halten.

v. Valmour. Der Streit ist lustig! Erlauben sie, meine Damen, daß ich ihn entscheide?

Henriette. O, erlauben sie! Ein Ehemann wird als partheyischer Schiedsrichter gänzlich verworfen.

Rosalie. Im Gegentheil, meine Liebe! Eben als Ehemann kann Herr von Valmour am besten darüber urtheilen! Und um den Richter durch meine Gegenwart nicht in Verlegenheit zu setzen, so laß ich sie mit ihm allein. Ihnen, lieber Freund, wird es hoffentlich nicht schwer fallen, die Ehre ihres Geschlechts zu retten, und unsre widerspenstige Henriette von ihren Gesinnungen über das Capitel der Ehe — Liebe - - Daß dich! immer vergeß' ich mich - -! der ehelichen Freundschaft wollt' ich sagen, zu überzeugen — (Zu Henrietten) Was Herr von Valmour ihnen sagen wird, darauf können sie sich sicher verlassen; denn er spricht nichts ohne überzeugende Gründe anzugeben.

(Geht ab.)

Zehnter Auftritt.

Henriette. von Valmour.

Henriette. Ja, ja! Der gewöhnliche Ton aller jungen Eheleute, ihr nagelneues Glück der ganzen Welt anzupreisen!

v. Valmour. Nur nicht der meinige, gnäd'ges Fräulein! Ich bin im Gegentheil gänzlich ihrer Meinung, und behaupte mit ihnen, daß ein Frauenzimmer in der Ehe nur selten ihr wahres Glück findet.

Henriette. Wie? Welch ein Wunder? Sie selbst lassen ihrem Geschlechte so viel Gerechtigkeit wiederfahren?

v. Valmour. Ich muß es, als unpartheyischer Schiedsrichter! Sie insonderheit, reitzende Henriette, sind zu liebenswürdig, um in das Joch der Ehe eingekerkert zu werden – – –

Henriette. Reitzend? Liebenswürdig? Mein Herr unpartheyischer Schiedsrichter! Sie geruhen meine Bescheidenheit auf die Probe zu setzen.

v. Valmour. Gewiß nicht, gnädiges Fräulein! Ich lasse nur ihren Vorzügen die schuldige Gerechtigkeit wiederfahren. Ihre Reitze setzen sie weit über alle Lobeserhebungen hinaus; jeder, der sie sieht, muß sie bewundern, verehren – – –

Henriette. Und ich bewundre die vortreffliche Verwaltung ihres Richteramtes! Schade, daß ihre Frau nicht zugegen ist!

v. Valmour. Das könnte sie! Selbst in ihrer Gegenwart würd' ich es ihnen wiederhohlen, daß ich sie nicht allein verehre, sondern sogar auf das zärtlichste liebe!

Henriette. Auf das zärtlichste liebe?

v. Valmour. Noch viel zu wenig für das, was ich empfinde! Sie verdienen angebethet zu werden!

Henriette. Ha, ha, ha! Das ist lustig = = = sehr rührend, wollt' ich sagen!

v. Valmour. O Henriette! Wenn sie in dem Innersten meines Herzens lesen könnten, sie würden darin ihr Bild unauslöschlich eingeprägt erblicken; aber auch zugleich die quälenden Martern einer hoffnungslosen Liebe = = =

Henriette. Halten sie ein, theurer Freund! Das wird, wenn sie so fortfahren, eine ordentliche Tragödie! Ich darf nur dem Helden den Rücken zuwenden, so kommen noch Gift und Dolch, Schießgewehr und Verzweiflung an die Reihe, und von aller der Ware bin ich keine Liebhaberinn.

v. Valmour. O Grausame! Warum hat sie die Natur so unwiderstehlich reitzend gebildet? Ich kann die Empfindungen meines Herzens nicht unterdrücken! Hören sie mich wenigstens — und wenn sie auch taub gegen meine Liebe sind, so seyn sie nicht gefühllos gegen meine Martern; gewähren sie mir nur Mitleiden = =

Henriette. Schön! Sie spielen ihre Rolle zum Entzücken! Ihr Ausdruck hat Feuer, und ihr

Scherz enthält so etwas allerliebst Unverschämtes --!

v. Valmour. Scherz! Und sie können glauben--?

Henriette. Nun? Ich will doch nicht hoffen, daß sie mich im Ernste lieben--?

v. Valmour. Können sie noch zweifeln? Nach alle dem ---

Henriette. Ja, wenn dem so ist, und das keine Tragödie war, die sie mir so lebhaft vordeclamirten, so muß ich leider mein Bravo zurücknehmen, und sie an ihre Frau verweisen; die hat das nächste Recht auf dergleichen Erklärungen.

v. Valmour. O, Henriette! Ich beschwöre sie — keinen Unwillen! Ich wünsche ja jetzt nur Nachsicht. Dulden sie es nur wenigstens, sie von meiner Liebe, wenn auch gleich hoffnungslos, zu unterhalten!

Henriette. Nun, damit sie sehn, daß ich nicht unerbittlich bin, so erlaub' ich ihnen — ihre Gemahlinn von ihrer Liebe hoffnungsvoll zu unterhalten!

v. Valmour. Ach allzugrausame Henriette!

Henriette. Ach allzuverliebter Ehemann!

v. Valmour. Sie tödten mich durch ihren Spott!

Henriette. Behüthe der Himmel! Ich seufze nur mit, um eine Art von Harmonie in unserm Duett hervorzubringen.

v. Valmour. Mit seiner eignen Frau von Liebe zu reden!

Henriete. Je nu! Ihr die Langeweile zu vertreiben.

v. Valmour. Traurige Unterhaltung!

Henriette. Das mag wohl seyn, denn ich gähne schon!

v. Valmour. Würdigen sie mich nur eines einz'gen gütiges Blicks, um meinen Kummer nur einiger Maßen zu mildern --!

Henriette. Nun, da haben sie einen, damit des Lamentirens nur ein Mahl ein Ende wird.

v. Valmour. O liebenswürdige, englische Henriette! Ich sterbe zu ihren Füßen!

Henriette. Ach, schön! Bleiben sie in der Stellung; sie ist mahlerisch! Ich will geschwind ihre Frau rufen, um die Gruppe vollkommen zu machen.

v. Valmour (aufspringend.) Wofern ein Frauenzimmer fähig ist, ihren Liebhaber zur Verzweiflung zu bringen, so sind sie es!

Eilfter Auftritt.

Baron von Sternberg. Vorige.

Baron. Ey, ey, gnädiges Fräulein! Sind sie so fürchterlich!

Henriette. Wie sie sehn, Baron! Lassen sie sich immer dieß tragische Beyspiel zur Warnung dienen!

v. Valmour. O Baron! Sie ist unerweich-
lich, unerbittlich grausam!

Baron. Das hätt' ich ihnen zum voraus gesagt; auch bin ich überzeugt, daß sie alles an-
wenden wird, den verirrten Ehemann wieder zu
seiner Pflicht zurückzuführen.

v. Valmour. Wie, Baron? Sie werden
doch nicht auch mein Gegner seyn wollen? Sie
wissen ja ...

Baron. Ich weiß alles, Freund; aber in diesem Falle kann ich nicht umhin —

Henriette. Hören sie, mein verirrter Ehemann,
was ihr Vertrauter sagt?

v. Valmour. O ja; ich höre und versteh' alle
Worte im eigentlichen Verstande. Aber Fräulein!
wenn sie ja ein Mahl die Uebereilung begehn,
und sich verheirathen sollten, so hüthen sie sich
wenigstens für einem Mann seiner Art! Die Ehe
ist an und vor sich schon ein Joch; aber in der
Verbindung mit einem solchen philosophischen Gril-
lenfänger, wird sie vollends eine unerträgliche
Sklaverey!

Henriette. Sollte das möglich seyn? Und ihre Meinung, Baron?

Baron. Ist der seinigen geradezu entgegen!
Ich behaupte, daß die Ehe das höchste Glück des
Lebens enthält, sobald Vernunft und Liebe dieß
heilige Band knüpfen — und daß leichtsinnige Ehe-
männer, welche den Werth derselben verkennen,

schon durch sich selbst gestraft sind, und nicht ein Mahl unsre Wiederlegung verdienen.

Zwölfter Auftritt.
Franz. Vorige.

Franz (zu Valmour.) Gnädger Herr —
v. Valmour. Nun, was gibt's?
Franz. Die Frau Gräfinn von Frankenstein hält vor der Thüre, und erwartet sie.
v. Valmour. Ich komme sogleich.
Franz (geht ab.)
v. Valmour. Erlauben sie, gnädges Fräulein, daß ich sie auf kurze Zeit verlasse. Der Baron mag ihnen indeß seine Beweise für das Glück der Ehe nach der Reihe herdeclamiren; bey meiner Zurückkunft werd' ich die Ehre haben, ihnen zwar nicht so philosophische, aber desto überzeugendere und auf Erfahrung gegründete Beweise für das Gegentheil anzuführen. (Geht ab.)

Dreyzehnter Auftritt.
Henriette. Baron.

Henriette. Um die Langeweile zu vertreiben, denn die scheint heute in diesem Hause ihre Wohnung aufgeschlagen zu haben, so erzählen sie, Baron, was sie wollen — gleichviel!

Baron. Erlauben sie also, schönste Henriette, diese wenige glückliche Augenblicke zu nützen, sie von meiner Liebe ‒ ‒

Henriette. Um aller Langeweile willen, bester Baron, nichts von Liebe! Im Uebrigen laß' ich ihnen die Wahl frey — Wovon sprachen wir denn vorhin?

Baron. Von der Ehe; von dem Glück ‒ ‒

Henriette. Auch ein sehr trockner Gegenstand! Indeß — bis uns was Interessanteres aufstößt ‒ ‒

Baron. Mein Gemählde würde ungemein interessant und reitzend seyn, sobald sie sich nur entschließen wollten, eine Hauptperson darin vorzustellen.

Henriette. Eine Hauptperson? Um alles in der Welt nicht!

Baron. Erlauben sie nur, sie mir wenigstens als eine Hauptperson dabey zu denken.

Henriette. Nun? Und dann ‒ ‒ ‒?

Baron. Dann werd' ich, um dem Gemählde Vollständigkeit zu geben, es wagen, mich selbst in den Hintergrund zu stellen.

Henriette. Und was wollten sie denn dort?

Baron. Auf jeden ihrer Blicke lauschen, voll der zärtlichsten Liebe, den Augenblick mit Sehnsucht erwarten, worin ich mich ihnen nähern dürfte.

Henriette. Das wäre höchstens nur eine sehr trockne Anlage zu einem Gemählde der Liebe, aber nicht der Ehe.

Ba-

Baron. Erlauben sie! Dieß würde aus jenem entspringen, so bald die Hauptfiguren durch den Gott der Liebe einander näher gebracht, und durch Hymen, Hand in Hand, auf immer vereinigt würden.

Henriette. Das wäre also ihre ganze Schilderung? Sie werden doch nimmermehr meinen Beyfall erwarten, Baron?

Baron. Den werd' ich zu ihren Füßen erflehn!

Henriette. O weh! Du armer Künstler, wenn du erst den Beyfall für dein Werk erbetteln mußt! Aufrichtig zu gestehn, Baron! Diese ganze Skizze ist nicht allein sehr alltäglich, sondern auch äußerst ängstlich gepinselt, und hat in meinen Augen weder Wahrheit noch Interesse! Also hurtig ein Paar andre Personen aufgestellt, wenn sie ihren Geschmack retten wollen!

Baron. O Henriette! Wie kann ich das? Nur sie, sie allein sind die einz'ge Person auf der Welt, die meinen Augen gegenwärtig ist und mein ganzes Herz erfüllt; die ich liebe und ewig lieben werde! Wie oft hab' ich es ihnen schon gesagt, wie oft wiederhohlt!

Henriette. Hm! Hätten sie--? Ja, ja — halb und halb besinn ich mich darauf.

Baron. Aber sie war stets so hart, mich nie anhören zu wollen.

Henriette. Ja; nun besinn' ich mich völlig! Sie haben in der That Recht!

Baron. Zu grausame Henriette! Ich beschwöre sie auf den Knieen — !

Henriette. Zu zärtlicher Baron! Ich beschwöre sie auf den Füßen, ihrer Kniee zu schonen, und mich lieber in den Garten zu begleiten. Warten sie — ich will ihnen helfen — (Ihn aufrichtend) So!

Baron. Valmour hat Recht! Sie sind unerbittlich grausam!

Henriette. Nun wird mir angst! Eilen sie so geschwind als sie können zu den Büschen und Nachtigallen, um ihnen ihre Leiden zu klagen! Her, ihren Arm, seufzender Ritter — und nun frisch fort an die freye Luft, damit sie wieder zu Athem kommen!

Ende des ersten Aufzuges.

Zweyter Aufzug.

Erster Auftritt.

Rosalie.   Baron.

Rosalie.

Kommen sie, Baron; hier sind wir ungestört. Mein Mann ist noch bey dem Oberkammerherrn von Waldberg, und Henriette beschäftigt sich in dem großen Gartenhause mit einer Stickerey. Setzen sie sich — und nun zu meiner Angelegenheit! Sie gaben mir so oft Beweise ihrer Freundschaft ...

Baron. Nie so oft, als ich es wünschte!

Rosalie. Um so zuversichtlicher darf ich mich ihnen anvertrauen! Mein Mann — Sie sind sein Freund, und also wahrscheinlich auch von seiner Grille und seinem daher entstehenden Betragen gegen mich unterrichtet —

Baron. Ich bin es, und bedaure sie!

Rosalie. Sein Leichtsinn kränkt mich; ich kann es nicht läugnen; aber er macht mich nicht muthlos — weil ich ein Mittel gefunden zu haben glaube, ihn von dieser Krankheit zu heilen.

Baron. Und das wäre?

Rosalie. In einer Unterredung, welche ich diesen Morgen mit meinem Ferdinand hatte, und worin er mir, unter andern, auch seine Freygeisterey in Rücksicht auf den Ehestand ganz offenherzig vertraute, hab' ich zu meiner größten Beruhigung bemerkt, daß er mich im Grunde seines Herzens noch liebt. Diese Entdeckung hat mir nun Anlaß gegeben, einen Plan zu entwerfen, zu dessen Ausführung sie mir behülflich seyn sollen.

Baron. Sie befehlen!

Rosalie. Mein Gedanke ist — dem Schmetterling einen Nebenbuhler bey mir aufzustellen, um dadurch seine Aufmerksamkeit auf mich rege zu machen, und ihn wo möglich zur Eifersucht zu reitzen.

Baron. Recht gut! Aber...

Rosalie. Sie, Baron, hab' ich mir dazu ausersehn! Es wird jetzt nur darauf ankommen, ob sie meine Bitte statt finden lassen, und sich entschließen wollen, die Rolle eines Liebhabers bey mir zu übernehmen.

Baron. Ich gnädige Frau?

Rosalie. Es wird ihnen vielleicht ein'gen Zwang kosten; allein...

Baron. Das nicht, gnädige Frau! Ju Gegentheil fürcht' ich, daß ihre Reitze...

Rosalie. Keine Schmeicheley, Baron! Wir wollen uns bey dieser Angelegenheit auch nicht einen Gran von wechselseitiger Absicht verkümmern. Ich darf also auf ihren Beystand rechnen?

Baron. In der That — hat die Rolle, welche sie mir übertragen, mehrere Schwierigkeiten als sie glauben, gnädge Frau! Was wird mein Freund von mir denken, wenn ich in seinen Augen die Person eines treulosen vorstelle, wenn — —

Rosalie. Nur vorstellen, Baron! Bey der Entwicklung zeigt sich ihr Character wieder in seinem natürlichen Lichte.

Baron. Nun gut! Ich will es wagen, weil ihre Zufriedenheit davon abhängt; aber — werden sie mir auch wohl, zur Vergeltung, ein wenig Eigennutz übersehen? — Henriette — sie ist ihre Freundinn — —

Rosalie. Und der Gegenstand ihrer Wünsche — Wie stehn sie mit ihr?

Baron. Nicht zum Besten! Sie scheint bis jetzt noch unempfindlich gegen meine Liebe — —

Rosalie. Ich hoffe mit Zuversicht, daß es nur so scheint! Uebrigens steht ihnen meine Vermittlung zu Befehl. Wissen sie aber auch, daß sie einen Nebenbuhler haben?

Baron. Ihren Gemahl; ich weiß es — Ich hoffe aber, daß er mir so wenig furchtbar seyn soll, als ihnen die Nebenbuhlerinn.

Rosalie (lächelt.) Nun, sie machen sich und mir bey der Gelegenheit auffallende Complimente.

Aber schon recht! Es liegt ly dem Character ihrer zu spielenden Rolle, mir so vieles Verbindliches zu sagen, als es ihnen nur immer möglich ist.

Baron. Wenn aber Henriette mich in der That für leichtsinnig halten sollte ☞ ☞

Rosalie. Um so viel besser! Eben durch diese Maskerade müssen sie den Weg zu ihrem Herzen suchen, so wie ich zu dem Herzen meines Mannes. Stille! Ich höre kommen ☞ ☞ Er ists! Hurtig ins Gleis, Baron! Sagen sie mir etwas Verbindliches — Wir wollen uns stellen, als wenn wir seine Ankunft nicht bemerkt hätten —

Zweyter Auftritt.

von Valmour. Vorige.

Baron (Rosalien die Hand küssend.) Liebenswürdige, reitzende Freundinn! Ihr Geständniß entzückt mich! So viel Gefälligkeit, so viel Nachsicht hätt' ich nicht erwartet!

v. Valmour. Bravo, Baron! Sie werden ja ordentlich galant!

Baron. Ah! Sind sie da, liebster Freund? Sie werden verzeihn — erlauben ☞ ☞ ☞

v. Valmour. Alles! Nur nicht, mir ins Gehege zu gehn, Herr Philosoph! Ha, ha, ha!

Rosalie. Ey, ey Herr von Valmour! Sie sind doch wohl nicht eifersüchtig?

v. Valmour. Behüthe! Im Gegentheil freu' ich mich, den strengen Moralisten ein Mahl so munter und lebhaft zu sehn! Es wäre immer ein verdienstliches Werk, wenn sie ihn so nach und nach zu einer etwas mildern Denkart umstimmen könnten! —

Rosalie. Ich weiß nicht, ob der Baron dieser Umstimmung bedarf, und ob ich - - aber, wo bleibt unsre Henriette? Ich verließ sie vorhin in dem Garten — Gehn sie doch, lieber Baron, und leisten ihr Gesellschaft; ich folge sogleich.

v. Valmour. Ich begleite sie.

Rosalia. Lassen sie ihn immer vorausgehn, lieber Valmour — Ich wünschte sie ohnedieß ein'ge Augenblicke allein zu sprechen.

Baron. Um so weniger darf ich sie stören.
(Küßt Rosalien die Hand, und geht ab.)

v. Valmour (dem Baron nachrufend.) Ich bin den Augenblick bey ihnen!

Dritter Auftritt.

von Valmour. Rosalie.

Rosalie. Warum so eilig, lieber Valmour? Schenken sie doch ihrer neuen Freundinn nur ein'ge Augenblicke.

v Valmour. Meiner neuen Freundinn? Schön, Rosalie! Der Ton gefällt mir! Ich freue mich, daß sie sich so leicht daran gewöhnen!

Rosalie. Ich werde ja — unter einem so guten Lehrmeister! Also, wenn sie erlauben, zu meiner Angelegenheit, oder eigentlich — zu der ihrigen. Diesen Morgen kamen wir bis zum Capitel von der Vertraulichkeit — Sie schienen ein Geheimniß auf ihrem Herzen zu haben; darf ich sie nun wohl um die Mittheilung desselben bitten?

v. Valmour. Ein Geheimniß? = = Nur — so etwas Aehnliches. Aber, sie werden sich doch auch noch meiner Bedenklichkeit erinnern?

Rosalie. Als ihre erste Freundinn und Vertraute hab' ich ein Recht auf ihre Geheimnisse, ohne alle Bedenklichkeiten!

v. Valmour. Wenn nun aber das Geheimniß von einer Art wäre — dessen Entdeckung — sie vielleicht kränken, oder wohl gar beleidigen könnte? = =

Rosalie. Unbesorgt, liebster Freund! Sie können mich gar nicht beleidigen.

v. Valmour. Aber, doch fürcht' ich! = =

Rosalie. Ich fordre sie schlechterdings dazu auf, mein Herr! Sobald sie Mißtrauen in meine Freundschaft setzen, tret' ich gleich wieder in alle Vorrechte einer Ehefrau, und dann = = =

v. Valmour. Um alles in der Welt nicht, liebste Freundinn! Die Vertraute soll alles wissen, aber die Frau muß schlechterdings kein Wort davon erfahren!

Rosalie. Keine Sylbe! Ich weiß zu schweigen.

v. Valmour. Ich muß ihnen also gestehn, daß ich ‒ ‒ ein gewisses Frauenzimmer — liebenswürdig finde ‒ ‒

Rosalie (schnell.) Nur nicht ihre Frau!

v. Valmour. O, die ist meine Freundinn! Die beste Freundinn unter der Sonne! Allein, von ihr ist jetzt nicht die Rede, sondern von ‒ ‒

Rosalie. Henrietten — nicht wahr?

v. Valmour (verschämt.) Ich kann es nicht läugnen — Sie hat eine Art von Eindruck auf mich gemacht ‒ ‒

Rosalie. Eine Art von Eindruck? Ha, ha, ha! Und das ist es alles? Dazu hätten sie so viel Umstände nicht gebraucht, lieber Valmour! Henriette ist ja meine Freundinn; ich bin die ihrige, und so bleibt ja das ganze Geheimniß in der Freundschaft ‒ ‒ ‒

v. Valmour. Wenn sie es so nehmen ‒ ‒ ‒

Rosalie. Das versteh sich ja von selbst! Auch kann ich, als gemeinschaftliche Freundinn, die beste Mittelsperson dabey vorstellen. Sagen sie mir nur, welchen Plan sie sich bey ihrer Liebe entworfen haben?

v. Valmour. Ich wünschte Henrietten so oft als möglich zu sehn, sie von meiner Liebe zu unterhalten, ihr Herz zu gewinnen ‒ ‒ kurz, alle Vergnügungen zu genießen, welche eine freye unschuldige Liebe gewährt ‒ ‒

Rosalie. Und ihre arme Frau? -- Sie hat doch auch ein'gen Antheil an meiner Freundschaft --

v. Valmour. Meine Frau soll von mir nie hintergangen werden! Ich setze unsre gemeinschaftliche Freundinn zur Beobachterinn meiner Handlungen; findet sie darin das geringste Strafbare, so hat sie das Recht, es meiner Frau augenblicklich zu entdecken.

Rosalie. Aber Rosalie wird doch auf alle Fälle Mitspielerinn in ihrem Drama seyn; wie werden sie sich darin gegen sie benehmen?

v. Valmour. Ich werde Henrietten lieben, und Rosaliens Tugenden verehren.

Rosalie. Wie wär' es aber, liebster Freund, wenn wir die Rollen verwechselten? Wär' es nicht möglich, daß wir Rosalien liebten, und Henriettens Tugenden verehrten?

v. Valmour. Beste Freundinn! Bitten sie für mich; sagen sie Rosalien, daß meine Verehrung der Liebe wenig oder gar nichts nachgeben soll.

Rosalie. Gut! Ich versprech' es ihnen.

v. Valmour. Vortrefflichste, edelmüthigste unter allen Frauen ... (Tief seufzend) Warum sind wir doch mit einander verheirathet!

Rosalie. Lassen sie sich das immer nicht gereun! Sie sehn ja, daß sie nichts dabey einbüßen. Doch, das beyseit! Jetzt sagen sie mir, wie Henriette das Geständniß ihrer Liebe aufgenommen hat? Sie werden doch nicht etwa vergebens seufzen? Denn das würde meinen Stolz beleidigen!

v. Valmour. Merkliche Fortschritte hab' ich freylich noch nicht gemacht. — Henriette scheint mir beynah' etwas zu flatterhaft für die Liebe zu seyn; indeß —

Rosalie. Das ist freylich ein schlimmer Umstand! Aber, lassen sie deßhalb den Muth nicht sinken. Vielleicht gelingt es ihnen, ihren Muthwillen zu bezähmen, wenn die Eitelkeit sich ins Spiel mischt.

v. Valmour. Rosalie! Reden sie im Ernste?

Rosalie. Und sie zweifeln noch?

v. Valmour. Das heißt doch in der That die Fassung aufs höchste treiben! Soviel Großmuth bey einer Ehefrau, welche selbst die ersten Ansprüche —

Rosalie. Sachte, sachte! Bey einer Freundinn ohne Ansprüche! Die Ehefrau kömmt hier gar nicht in Anschlag! Aber, wir kommen immer von der Hauptsache ab, und die möcht' ich doch so gern berichtigen! Sagen sie mir, lieber Freund, haben sie bey ihren Angriffen auf Henrietten noch keine schwache Seite an ihr entdeckt, noch kein Mittel gefunden, wodurch sie sich ihr besonders gefällig machen könnten?

v. Valmour. Daran hab' ich in der That noch nicht gedacht!

Rosalie. Ey, das hätten sie längst thun sollen! Nichts schmeichelt unser Geschlecht so sehr, als die Aufmerksamkeit unsrer Liebhaber! (Mit Rührung) Ich erinnere mich noch sehr wohl, Ferdinand, was ich empfand, als sie sich um m e i n e Liebe bewarben!

v. Valmour (beschämt.) O Rosalie!

Rosalie. Haben sie noch keinen schriftlichen Versuch bey Henrietten gemacht?

v. Valmour. Bis jetzt noch nicht.

Rosalie. Schreiben sie doch ein Paar Zeilen. Ein gut geschriebner Brief bewirkt oft mehr als die feurigste Liebeserklärung! Mir fällt was bey! Vor ein'gen Tagen erhielt ich doch durch ihre Güte, einen allerliebsten Halsschmuck, dessen ich mich zum Glück noch nicht bedient habe. Henriette ist eine Freundinn von geschmackvollem Putze; wie wär's, wenn sie ihr damit ein Geschenk machten?

v. Valmour. Rosalie! — Nein! Die Ueberwindung geht zu weit!

Rosalie. Ich muß gestehen, der Schmuck ist mir doppelt schätzbar, weil ich ihn aus ihren Händen empfangen habe; allein — ihnen zu gefallen opfr' ich ihn und alles was ich besitze, mit dem größten Vergnügen auf! — Und sie wissen ja, gute Freunde müssen einander dienen.

v. Valmour. Aber, wär' es nicht grausam —?

Rosalie. Wie, Ferdinand? Sie schämen sich, einen so eiteln Zierrath zurück zu nehmen, und tragen doch kein Bedenken, mir ihr Herz zu entziehen?

v. Valmour. Nein, Rosalie! Das werd' ich nie! Sie besitzen es noch — Meine Liebe, meine Hochachtung, meine Bewunderung! Nur ein unwiderstehlicher Trieb ⁓

Rosalie. Nicht zu laut, lieber Valmour! Ihre Geliebte kömmt. Nützen sie die Gelegenheit, und sprechen mit ihr; ich will ihnen so lange das Feld frey lassen.

v. Valmour. Nein, Rosalie, bleiben sie! In Henriettens Gegenwart will ich es ihnen wiederhohlen ⁓

Rosalie. Bey Leibe nicht, bester Freund! Liebesangelegenheiten müssen nur unter vier Augen abgemacht werden! Ich will indeß den Halsschmuck besorgen.

(Geht ab.)

v. Valmour. Welch eine Frau! Unbegreiflich!

Vierter Auftritt.

Henriette.   von Valmour.

Henriette. Allerliebst, Herr von Valmour! Sie plaudern da mit ihrer Frau, und lassen ihre Gäste allein!

v. Valmour. Sie werden verzeihen, unser Gespräch war so interessant, so unterhaltend, so! ⁓

Henriette. Ein Gespräch zwischen Mann und Frau unterhaltend? Ha, ha, ha!

v. Valmour. Sie waren der Gegenstand desselben. O Henriette! Unmöglich können sie sich es vorstellen ---! Soviel Nachsicht, Gefälligkeit, Delicatesse --! Sie ist ein Wunder ihres Geschlechts!

Henriette. Wer?

v. Valmour. Rosalie! Sie ist die Einz'ge in ihrer Art! Ein Muster, nach dem sich alle Frauen bilden sollten!

Henriette. Hilf Himmel!

v. Valmour. So viel Ergebenheit, Großmuth, Güte des Herzens --! Schwerlich wird man so viele, so erhabene Tugenden, in einer Person vereinigt finden!

Henriette. Ich bin wie aus den Wolken gefallen! Ein Ehemann lobt seine Frau!

v. Valmour. Wenn sie nur wüßten, mit welcher zärtlichen Theilnahme — Ich kann es ihnen nicht beschreiben—Kurz, ich bin es nicht werth, eine solche Frau zu besitzen!

Henriette. Sehr möglich! Nun? Haben sie nicht noch ein'ge Lobsprüche in Bereitschaft?

v. Valmour. Verzeihen sie, liebenswürdige Henriette! Ich muß Rosalien Gerechtigkeit wiederfahren lassen, wenn ich nicht höchst undankbar handeln, nicht alles Gefühl verläugnen will!

Henriette. Ich spiele hier bey Alledem eine sehr possierliche Rolle! Ich komme da her, um eine Menge Liebesversicherungen und Eidschwüre von meinem Liebhaber in Empfang zu nehmen, und er lobpreißt mir die wunderseltnen Eigenschaften seiner Frau, will für Entzücken über ihre Vollkommenheiten beynahe den Geist aufgeben.

v. Valmour. Ich muß deßhalb um Nachsicht bitten, schönste Henriette! Meine Empfindungen ⸺

Henriette. Sind nicht mehr dieselben, welche sie vor ein Paar Stunden gegen mich äußerten; nein Ungetreuer! Sie lieben ihre Frau — Ihre eigne Frau! Und ich bin nun in meinen süßen Erwartungen getäuscht; sehe mich hintergangen, verachtet! Wie werd' ich diesen harten Schlag des Schicksals ertragen!

v. Valmour. Sie verstehen mich unrecht gnädges Fräulein! Meine Empfindungen gegen sie sind noch eben dieselben. Wenn ich Rosaliens erhabene Tugenden bewundere, so hindert mich das doch keinesweges, auch Henriettens himmlische Reitzungen zu verehren — sie aufs zärtlichste zu lieben!

Henriette. O, erlauben sie mir, Herr von Valmour! Ich bin von meiner Unwürdigkeit viel zu sehr überzeugt! Rosalie allein verdient ihre Aufmerksamkeit — oder, wie sie sich vorhin selbst auszudrücken beliebten, ihre Bewunderung! Sie ist ein Wunder ihres Geschlechts! Ein Muster, nach welchem sich alle Frauen bilden sollten —

v. Valmour. Das ist gewiß; allein ⸺

Henriette. Das durch das unzertrennbare Band der Ehe auf immer ihr Eigenthum ist!

v. Valmour. Verschonen sie mich; ich bitte ‒‒!

Henriette. Welche glückliche Gewißheit, das, was man so zärtlich liebt, nie verlieren zu können! Welche reitzende Nothwendigkeit, es ewig lieben zu müssen!

v. Valmour. Welch ein kränkender Spott, Als wenn sie es recht darauf angelegt hätten, mich zu demüthigen!

Henriette. Behüthe! Ich zeige ihnen nur meine Theilnahme und Bewunderung!

v. Valmour. Gut, gut! Erniedrigen sie mich; drücken sie mich nur vollends zu Boden!

Henriette. Nicht tiefer, als bis zu einem Ehemanne.

v. Valmour. O Henriette! Sie sind unerhört grausam! Zu ihren Füßen beschwör' ich sie, bringen sie mich nicht zur Verzweiflung!

Henriette. Lieber Himmel! Sie machen mir ganz angst! Was wollen sie denn? Was kann ich für sie thun?

v. Valmour. Nur Mitleid — nur einen Funken Erbarmen gewähren sie mir; oder ich sterbe zu ihren Füßen!

Henriette. Er macht wahrhaftig Ernst! He! Ist niemand da? Hülfe! Zu Hülfe!

Fünfter Auftritt.

Rosalie. Vorige.

Rosalie. Ums Himmels willen! Was gibt's?

Hen-

Henriette. Ein schreckliches Unglück! Sehen sie nur hier — ihren armen Mann! Sterbend liegt er zu meinen Füßen!

v. Valmour. Spotten sie nur, Grausame! Selbst in Rosaliens Gegenwart will ich es ihnen wiederhohlen, daß ∺

Henriette. Daß sie verschmachten, des blassen Todes seyn wollen, wenn ich ihrer Liebe kein Gehör gebe — war es nicht so?

Rosalie. Und sie können so grausam seyn, Henriette, ihren Liebhaber zu ihren Füßen sterben zu sehen? Stehen sie auf, liebster Freund! Ich will ihre Fürsprecherinn seyn.

v. Valmour. O Rosalie! Sie sind gütig, unendlich gütig! Nur diese ihre unerbittliche Freundinn ∺

Henriette. Nun? Fast sollt' ich glauben, sie hätten beyde sich mit einander verabredet, heute Komödie mit mir zu spielen.

Rosalie. Nichts weniger! Die Sache ist ganz natürlich! Das Fräulein von Lindenhayn ist reitzend; Herr von Valmour hat Geschmack —

Henriette. Ich danke für das Compliment!

v. Valmour. O Rosalie! Ihre Güte übersteigt alle Gränzen! Ich bewundre, verehre, liebe sie als ∺ als mein zweytes Selbst! Ich würde sie sogar umarmen, wenn ∺ wenn sie nur nicht meine Frau wären!

Henriette. Pfui! Schämen sie sich, Herr von Valmour! Eben weil sie ihre Frau ist, müs-

sen sie sie umarmen! Ich, ihre Geliebte befehl'
es ihnen!

v. Valmour. Wer kann ihren Befehlen etwas
abschlagen? (Umarmt Rosalien.)

Rosalie. Sie beehren mich, liebster Freund!
Nun wäre freylich die Reihe an mir, ihnen gleichfalls zu befehlen, Henrietten zu umarmen; aber ich habe noch nicht befehlen gelernt.

Henriette. Desto schlimmer für sie! Aber, wieder auf das Vorige zu kommen, theure Freundinn! Ihre zweyte Hälfte findet mich im Ernst liebenswürdig! Ich bin deßhalb im Gedränge — Rathen sie mir! Soll ich ihn zur Verzweiflung treiben, oder soll ich seinen Anträgen Gehör geben?

Rosalie. Ich dächte das letztre. Was meinen sie, Herr von Valmour?

v. Valmour. Ich meine — daß sie die vortrefflichste unter allen Frauen sind!

Henriette. Je nu! Wenn es ihre eigne Frau so haben will, so reden sie, Herr von Valmour, ohne Zwang! Mein Ohr steht zu Befehl.

Rosalie. Ich dächte, sie gingen lieber bis zur Tischzeit mit einander in den Garten. In der freyen Luft, und ohne Zeugen läßt sich so etwas immer besser abhandeln! Ich als Hauswirthinn habe so noch ein'ge Geschäfte zu besorgen.

Henriette. Auch das! Um die Zeit zu vertreiben. — Ihren Arm, Herr von Valmour!

v. Valmour (küßt Henrietten die Hand; zu Rosalien.) Sie erlauben also ╌?

Rosalie. Fort, fort! Die Zeit ist edel! Und wenn etwa der Baron ihr Tete a tete unterbrechen sollte, so schicken sie ihn nur zu mir.

Henriette. Und wenn ihnen, liebste Freundinn, wider Vermuthen, eine Art Schwindel oder Herzpochen zustoßen sollte, so folgen sie uns nur sogleich nach. Bey dem großen Bassin, in meiner Lieblingsallee geb' ich Audienz; dort werden sie uns finden. Kommen sie, Herr von Valmour!

(Geht nebst Valmour ab.)

Sechster Auftritt.

Rosalie. Hernach Julchen.

Rosalie. Einigermaßen rächt mich ihr Muthwille an seinem Leichtsinn! Aber bey Alledem ist das doch immer nur Vorbereitung — (Klingelt) Es wird Zeit, die Haupttriebfeder anzusetzen.

Julchen (kommt.) Gnädge Frau —

Rosalie. Hast du den Halsschmuck abgegeben?

Julchen. Ich hab' ihn dem Kammerdiener zur Bestellung abgeliefert. Der gnädge Herr fanden so eben für gut, sich mit dem gnädigen Fräulein von Lindenhayn, Arm in Arm, in den Garten zu verfügen.

Rosalie. Auf mein Anrathen.

Julchen. Auf ihr Anrathen? Auf ihr eignes?
Rosalie. Nun ja! Ist das so sonderbar?
Julchen. Je nu! Ich dächte ,,

Rosalie. Geh, suche den Baron auf — Ich ließ ihn bitten ,,, Nein, bleib' nur; ich gehe selbst.

Julchen. Der Herr Baron ,,? Freylich, noch ein Glück, daß sie wenigstens jemand haben, der an ihrem Schicksale Antheil nimmt! Kein Mensch wird es ihnen verargen, wenn sie sich in ihrer Lage mit dem gnädigen Herrn auf einen gewissen Fuß setzen.

Rosalie. Der Baron ist unser gemeinschaftlicher Freund, Mademoiselle, und vernünftiger als sie, mit ihrer unzeitigen Theilnahme! Ueberhaupt bitt' ich, daß sie mit ihren Rathschlägen in der Folge etwas wen'ger zubringlich sind, und besonders ihren vorwitzigen Beobachtungen und überklugen Anmerkungen Gränzen setzen, wenn ihnen anders an meiner Gewogenheit und guten Meinung etwas gelegen ist.

(Geht ab.)

Siebenter Auftritt.

Julchen.

O, sie haben zu befehlen, meine Gnädige! Nur nicht über Augen und Ohren! Ich sehe und höre, seit kurzer Zeit manches, was ich nimmer=

mehr zu sehen und zu hören geglaubt hätte! Dieß Flüstern und Munkeln zwischen dem Baron und meiner sonst so tugendhaften Gebietherinn, und dieser lebhafte Unwille, womit sie meine Bemerkung aufnahm, und sichre Kennzeichen, daß sie auf Rache sinnt, und wenn ich mich nicht sehr irre, ihren Schmetterling von Gemahl, der so gern alles auf Französischen Fuß einrichten möchte, mit gleicher Münze zu bezahlen sucht! Ihr Stolz könnte mich beynahe verleiten, ihren Absichten entgegen zu arbeiten, wenn sie nicht so sehr Recht, und noch Recht übrig hätte! Mag sie doch ihre Rolle spielen! Gelingt's, so ist der Ungetreue bestraft wie er's verdient; gelingt's nicht, oder wird die Karte verrathen, so bin ich außer Verantwortung, und sie mag für die Folgen haften!

Ende des zweyten Aufzuges.

Dritter Aufzug.

Erster Auftritt.

Rosalie. von Valmour.

Rosalie.

Nun? Was steht zu ihrem Befehl?

v. Valmour. Ich komme, ihnen Bericht abzustatten.

Rosalie. Das gefällt mir! So hübsch vertraulich, offenherzig! Das ist der wahre Ton der Freundschaft! Nun? Wie stehen denn also ihre Angelegenheiten?

v. Valmour. Vortrefflich! Henriette fängt schon an, meiner Liebe ein geneigtes Gehör zu geben! Sie beantwortet meine Anträge mit einer Leutseligkeit, mit einer Nachsicht, die mich bezaubert!

Rosalie. Es freut mich, daß ihre Sache so gut geht! Ich habe es erwartet. Henriette ist

viel zu lebhaft und unvorsichtig, um einen Lieb=
haber ihrer Art lange Widerstand leisten zu kön=
nen. Nun aber müssen sie auch auf ihrer Huth
seyn. Ihre Eroberungen, wenn sie ein Mahl im
Besitz derselben sind, bestmöglichst zu erhalten;
ich fürchte Henriettens Launen und Leichtsinn ꝛc!

v. Valmour. Dafür will ich schon sorgen.

Rosalie. Auch hat sie seltne und anziehende
Reitze; es kann ihr also nie an einer Menge
Anbether fehlen; auch da müssen sie vorsichtig
seyn.

v. Valmour. Hat nichts zu sagen! Wenn ich
nur erst ihrer Zuneigung völlig versichert bin, so
mag kommen wer da will! Ich werd' es sogar
gerne sehen, wenn Henriette von mehrern An=
bethern umgeben ist! Eben das Eifern und Stre=
ben um und nach dem geliebten Gegenstande, ist
die Würze der Liebe; das gibt ihr wahren Reitz,
Wachsthum und Festigkeit! Aus eben diesem
Grunde werd' auch ich mich dann und wann ge=
gen Henrietten nachlässig bezeigen, und mich
stellen, als ob ich eine andre, zum Exempel, sie
liebe ꝛc

Rosalie (betroffen und bis zu Thränen gereitzt.)
Ferdinand!

v. Valmour. Verstehen sie mich nicht un=
recht, Rosalie! Ich — ich liebe sie — in der
That; allein — die Lage der Sachen — unser
Einverständniß ꝛc (Vor sich) Verdammte Un=
besonnenheit.

Rosalie (sucht sich zu fassen.) Davon ist jetzt nicht die Rede; sondern ‒‒ Ich wollte nur sagen — ihnen einen kleinen Wink geben, sich um alles in der Welt nicht zu vergessen ‒‒! In dem Verhältnisse, worin wir beyde jetzt mit einander stehn, müssen sie auch nicht ein Mahl Liebe gegen mich affectiren, sonst bringen sie mich ins Gedränge! Denn auch ich ‒‒ war so eben im Begriff ‒‒

v. Valmour. Nun?

Rosalie. Ihnen ein Geheimniß anzuvertrauen. ‒‒

v. Valmour. Ein Geheimniß? Und das ist ‒‒?

Rosalie. In Wahrheit ‒‒! Sie haben mich einigermaßen außer Fassung gebracht ‒‒! Indeß ist es doch nothwendig ‒‒

v. Valmour. Ohne alle Zurückhaltung! Wir sind ja Freunde!

Rosalie. Allerdings! Und wahre Freundschaft fordert wechselseitige Vertraulichkeit ‒‒! Aber, bevor ich ihnen mein Geheimniß eröffne, erlauben sie mir noch eine Frage!

v. Valmour. Sehr gerne!

Rosalie. Sie lieben doch Henrietten so — was man eigentlich lieben heißt?

v. Valmour. Nachdem sie es mir erlaubt haben — so kann ich nicht läugnen — Ja, ich liebe sie — doch, ohne ihre Vorzüge zu verkennen, Rosalie —

Rosalie. Und ich darf mit Zuversicht darauf rechnen, daß sie in der That mein Freund sind?

v. Valmour. Ihr wahrer Freund!

Rosalie. Gut! So wären also meine Zweifel gehoben.

v. Valmour. Nun, ihr Geheimniß? Ich bin in der That neugierig!

Rosalie. Um diese ihre Neugierde zu befriedigen, und mich ihrer mir so schätzbaren Freundschaft vollkommen würdig zu machen, ist es um so mehr Pflicht für mich, Vertrauen mit Vertrauen zu erwiedern – –

v. Valmour. Eine Gewogenheit, die ich mit Dank erkenne! (Vor sich) Diese ihre Verlegenheit? – Das Geheimniß muß von Wichtigkeit seyn!

Rosalie. Es war vermuthlich Bescheidenheit von ihnen, daß sie mich nicht sogleich beym Anfange unsrer Freundschaft zu einem gegenseitigen Vertrauen aufforderten? –

v. Valmour. Das nun wohl eben nicht! Ich glaubte, das mein Geheimniß nur das einzige wäre, was unter uns existirte. — (Vor sich) Was will sie mit Alledem sagen? Sollte sie vielleicht bereuen? –

Rosalie. Sie werden nun das Gegentheil erfahren, lieber Valmour! Wir Frauenzimmer wissen unsre Geheimnisse nur besser zu verbergen; doch bey ihnen bedarf es dieser Vorsicht nicht weiter — Also zur Sache: Der Plan, liebster Freund, den sie sich in Ansehung unserer eheligen Verbindung entworfen, und mir so bringend und überzeugend empfohlen haben, hat so vollkommen meinen Beyfall, und der Gedanke, daß ein Paar Eheleute die zärtlichste Freundschaft für einander unterhalten, und doch dabey das Angenehme einer freyen Liebe genießen können, hat so tiefen Eindruck auf mich gemacht, daß ich, = ich schäme mich meiner ehemahligen Vorurtheile = =

v. Valmour (vor sich.) Dem Himmel sey Dank! Meine Furcht war ungegründet.

Rosalie. Daß ich — mich endlich entschlossen habe — Ihrem Beyspiele zu folgen.

v. Valmour. Wie? Meinem Beyspiele?

Rosalie. Ja, liebster Freund! Ich erkenne nunmehr meinen Fehler, seh' es ein, wie empfindlich sie bisher durch meine so zärtliche Zubringlichkeit gekränkt, durch meine pedantische Zuneigung geängstigt worden sind; habe, nach reifer Ueberlegung, zugleich das Lächerliche, welches eine zu genaue Befolgung der sogenannten ehelichen Verbindlichkeiten mit führt, eingesehn — und da sie, mein Bester, die Güte gehabt haben, uns beyde durch ihren Ausspruch, dieser höchst beschwerlichen Fesseln zu entledigen, so glaub' ich ihnen kein größeres und schmeichelhafteres Compliment machen zu können, als = =

v. Valmour. Nun? Nun?

Rosalie. Als diesen Wink zu meiner Richtschnur anzunehmen, und mir gleichfalls einen Liebhaber zu meiner künftigen Unterhaltung zu wählen.

v. Valmour. Einen Liebhaber?

Rosalie. Den Baron von Sternberg.

v. Valmour. Wie? Den Baron? -- Sie scherzen!

Rosalie. Nein, mein Theuerster! Er hat in der That den Weg zu meinem Herzen gefunden, ist jetzt der Gegenstand meiner zärtlichsten Wünsche!

v. Valmour. Der Gegenstand? -- Possen!

Rosalie. Im Ernst, liebster Freund! Mein Liebhaber hatte zwar sonst einige Neigung für Henrietten; allein, da er vernahm, das sie sein Nebenbuhler wären, und er sich auch in einer kurzen Unterredung mit ihr überzeugt fühlte, wie sehr sie ihm den Vorrang in ihrem Herzen abgewonnen hätten, so trieb ihn die Verzweiflung zu mir, er klagte mir seine Leiden, und -- der arme Mensch tauerte mich; ich sucht ihn zu trösten; mein Mitleid rührte ihn, erzeigte Erkenntlichkeit, und endlich --

v. Valmour. Und ent'ich?

Rosalie. Und endlich wurden wir einig, ihrem und Henriettens Beyspiele zu folgen, und uns einander eben so zärtlich und unschuldsvoll zu lieben, als sie sich beyde lieben.

v. Valmour. Ists möglich? Wie unbeschreiblich gütig! (Vor sich) Eine allerliebste Vertraulichkeit!

Rosalie. Ich schmeichle mir, daß sie meinen Entschluß sowohl, als auch meine Wahl billigen werden.

v. Valmour. O, ich bitte! -- (Vor sich) Ein verdammter Streich!

Rosalie. Was sagen sie?

v. Valmour. Nichts! Ich bewundere nur --

Rosalie. Sie beschämen mich! Was ich that war Pflicht! Sonst ging mein Bestreben nur dahin, ihre Wünsche zu befriedigen; aber von nun an werd' ich sogar suchen, ihren Wünschen zuvorzukommen.

v. Valmour. Zu viel Güte! Zu viel --

Rosalie. Nein, liebster Freund! Des Guten kann man nie zu viel thun! Auch gewinn ich im Grunde selbst dabey. Wenn ich mir die Zukunft denke, welche wir uns bereiten, fühl' ich eine Zufriedenheit, die ich noch nie empfunden habe. Wie vergnügt werden wir mit einander leben! Sie mit der lieben leichtfertigen Henriette, und ich -- mit meinem Philosophen! Liebe und Freundschaft werden uns täglich neue Freuden gewähren — Sie werden mein ganzes Vertrauen, und der Baron wird meine ganze Liebe besitzen! sie werden --

v. Valmour. Ums Himmels willen, gnädge Frau! Mäßigen sie ihr Feuer! Sie gerathen ja ganz in Entzücken!

Rosalie. Sie werden verzeihn! Die Vorstellung unsers künftigen beneidenswürdigen Zustandes riß mich hin. Ich wünschte nur, daß sie einen eben so lebhaften Antheil an meinem Vergnügen nehmen möchten, als ich an dem ihrigen nehme.

v. Valmour. O, ich nehme recht sehr lebhaften Antheil!

Rosalie. Eigentlich muß ich das auch zum Voraus setzen, weil sie mein Freund sind.

v. Valmour. Ihr Freund? Nun ja, gnädge Frau — aber auch ihr Mann!

Rosalie. Das beyher! Sie haben doch nicht unsre Abrede vergessen, daß wir einander nie daran erinnern wollen, daß wir verehlicht sind?

v. Valmour. Das nicht; aber = = = Wir sind jetzt freylich — nur gute Freunde; indeß = = = bey Alledem = = wundr' ich mich, wie sie mit ihrer Wahl gerade auf den Baron fallen konnten! = =

Zweyter Auftritt.

Henriette. Vorige.

Henriette. Schon wieder beysammen? Ey, ey Herr von Valmour! wissen sie wohl, daß sie mich eifersüchtig machen, wenn sie das so forttreiben?

Rosalie (leise zu Valmour.) Hören sie? (Laut) Sie werden ihm verzeihn, meine Liebe! Wir hatten nur ein'ge häusliche Angelegenheiten zu verabreden; so eben sind sie berichtigt, und nun überliefr' ich ihnen ihren Liebhaber wieder in ihre Hände.

Henriette. In dem Fall mag es so hingehn! Aber merk' ich, daß sie ihrer Frau in Zukunft ohne mein Vorwissen auch nur das geringste Verbindliche vorsagen, so sind wir ohne Barmherzkeit geschiedne Leute!

Rosalie. Dafür wird er sich wohl hüthen! Aber, wo steckt denn der Baron? Er läßt sich ja nicht sehn?

Henriette. Vermuthlich hält er in irgend einer Laube Mittagsruhe; denn Morpheus streut hier heute seine Schlummerkörner aus vollem Maße.

Rosalie. Ich will ihn doch aufsuchen, damit er uns die lange Weile vertreiben hilft.

v. Valmour. Sie werden erlauben, daß ich sie begleite.

Henriette. Und ich soll wieder das Nachsehn haben? Nein, mein Herr! So haben wir nicht gewettet — Sie bleiben! Ich habe so noch ein Hühnchen mit ihnen zu pflücken.

Rosalie. Recht so! Schelten sie immer ein wenig auf ihn; ich will indeß ==

v. Valmour. Sie bleiben, wenn ich bitten darf!

Henriette. Behüthe und bewahre! Wie spricht der Mann mit seiner Frau? Der Himmel schütze doch das Behältniß unter seiner schönen Frisur für Schaden und Unglück! Sie fürchten sich doch nicht, mit mir allein zu bleiben?

Rosalie. Sie müssen ihm nur verzeihn, Liebe! Der arme Mann ist nur ein wenig furchtsam und betreten. Im Grunde wünscht er nichts sehnlicher als meine Entfernung. Noch vor wenig Augenblicken war er über die Nachsicht, womit sie seine Liebesanträge aufgenommen haben, äußerst entzückt! Sein Verstand mag freylich ein wenig dadurch gelitten haben — Sie wissen ja wohl aus Romanen, was eine heftige Liebe vermag. Aber, wenn sie nur selbst wollen, so wird es ihnen nicht schwer fallen, den Kranken, unter vier Augen, wieder herzustellen.

v. Valmour. Ich zweifle!

Rosalie. Doch, doch! Ich müßte sie und ihre Krankheit nicht kennen! Also, liebste Freundinn, ihrer Sorgfalt überliefr' ich diesen Patienten.

v. Valmour. O, sie sind gar zu gütig, gar zu gefällig! Wenn sie es nur wüßten, gnädges Fräulein, wie uneigennützig, wie ohne alle Absicht meine Frau zu Werke geht!

Henriette. Das seh' ich! Nun — und weiter?

v. Valmour. O, das läßt sich nicht so mit zwey Worten sagen; dazu gehören Stunden, um ihnen das Ganze – –

Henriette. O weh, o weh! Herrlich, vortrefflich wollt' ich sagen! Sie werden mir aber erlauben, daß ich dieß Mahl die Vollendung ihrer glänzenden Lobrede nicht abwarte, und — wenn ich doch ein Mahl unter Langerweile wählen muß, lieber den Baron aufsuche —

v. Valmour. Sie verstehn mich unrecht, gnädiges Fräulein! Ich wollte – –

Henriette. Ohne Complimente, wenn ich bitten darf! Neugierde ist eben mein Fehler nicht; auch wär' es höchst unverantwortlich, den Strom ihrer Bewunderung und Zärtlichkeit über die glänzenden Eigenschaften ihrer Frau durch meine Gegenwart länger zu unterbrechen! Ihre Dienerinn!

(Geht ab.)

Drit-

Dritter Auftritt.

Rosalie. von Valmour.

Rosalie. Das kömmt von ihren Lobeserhebungen! So eilen sie ihr doch nach!

v. Valmour (vor sich.) Sie schien im Ernst aufgebracht! Soll ich ihr folgen oder soll ich bleiben? Ich bin auf jedem Fall in der Klemme!

Rosalie. Sich so zu vergessen, ihrer eignen Frau in Gegenwart ihrer Geliebten eine Lobrede halten zu wollen! Geschwinde folgen sie ihr, und suchen den Fehler zu verbessern!

v. Valmour. Wenn aber indeß der Baron - - -

Rosalie. Eben darum müssen sie es zu verhindern suchen, daß er sie nicht spricht. In der ersten Hitze ist sie fähig, ihn wieder umzulenken, und dann - -

v. Valmour. Der Baron ist ja aber ihr Liebhaber, gnädge Frau, wie sie mir es vorhin selbst anzuvertrauen beliebten - -

Rosalie. Nun ja doch, ja! Um so mehr müssen sie ins Mittel treten! Henriette wird nun, um sich zu rächen, gewiß alle ihre Reitze aufbiethen, und dann sind wir beyde verloren. Nur fort, lieber Valmour! Dem Baron sagen sie, daß ich etwas nothwendiges mit ihm zu sprechen hätte. Sie bleiben indeß bey ihrer Geliebten, suchen sie wieder zu besänftigen, und sorgen dafür, daß ich und der Baron nicht gestört werden.

Was dem Einen ꝛc. E

v. Valmour. Vortrefflich! Sie müssen nicht gestört werden, das versteht sich von selbst! Ich will indeß der Wächter seyn.

Rosalie. Desto besser! Nur vergessen sie darüber nicht ihre eigenen Angelegenheiten! Ich will den Baron schon unterhalten.

v. Valmour. O daran zweifl' ich keinen Augenblick! Die Unterhaltung wird zum Entzücken seyn!

Rosalie. Ich will ihn bitten, daß er heute bey uns bleibt. Dieser Tag ist doch nun ein Mahl dem Vergnügen gewidmet.

v. Valmour. Freylich! Und weil es schon etwas spät ist, so können wir auch den Abend und die Nacht zu Hülfe nehmen.

Rosalie. Wenigstens wollen wir so spät als möglich beysammen bleiben.

v. Valmour. Und um den Spaß vollkommen zu machen, so dächt' ich, wir behielten ihn ganz und gar bey uns, und räumten ihm einige Zimmer ein; sie hätten es dann beyde viel bequemer! Da kömmt er ja schon! Er kann es nicht erwarten, wie ich sehe.

Rosalie. Das ist vortrefflich! Henriette hat ihn zum Glück verfehlt! Nun eilen sie, und nützen den Augenblick bey ihrer Geliebten, da sie allein ist.

Vierter Auftritt.

Baron. Vorige.

Baron (auf Rosalien zueilend.) Gut, daß ich sie antreffe, liebste Freundinn...! (Betroffen scherzend; zu Valmour) Ah! Sind sie hier?

v. Valmour. Wie sie sehn! (Vor sich) O, es ist außer allen Zweifel!

Rosalie. Nun, auf ihren Posten, lieber Valmour! Ich will den Baron schon abhalten, daß sie nicht unterbrochen werden.

v. Valmour. Baron! Ich fahre zu meiner Tante, der Oberjägermeisterinn; wollen sie mich dahin begleiten?

Baron. Die Wahrheit zu sagen — ich habe zwar viel Achtung für die Verwandschaft; aber ihr Umgang...

v. Valmour. Wir treffen vielleicht gute Gesellschaft —

Baron. Ich kann unmöglich eine beßre Gesellschaft antreffen, als in ihrem Hause, lieber Valmour! Fahren sie hin und machen der guten Alten meine Empfehlung. In ein Paar Stunden will ich sie allen Falls dort abhohlen.

v. Valmour. So begleiten sie mich, Rosalie!

Rosalie. Wo denken sie hin, liebster Freund? Wer soll denn unsre Gäste unterhalten?

v. Valmour. Freylich! Ich vergaß... (Vor sich) Ich werde noch zum Gelächter!

Baron. Sie scheinen mir so unruhig, so zerstreut, lieber Valmour..

v. Valmour. In der That bin ich.. sehr zerstreut! Ich will ausfahren, und so eben besinn' ich mich, daß ich noch einige höchst nothwendige Briefe zu schreiben habe..

Baron. Noch Briefe? (Auf die Uhr sehend) Mein Gott, das wird hohe Zeit! In einer Stunde geht die Post ab.

v. Valmour (vor sich.) Nun bin ich gefangen!

Rosalie. Damit wir sie nicht stören, liebster Freund.. kommen sie, Baron! Ich will ihnen indeß in dem kleinen Gehölze, hinter unserm Garten, eine allerliebste Pyramide zeigen, die Herr von Valmour dort hat aufstellen lassen; sie macht durch die große Allee einen ganz vortrefflichen Prospect!

Baron. Wenn ich bitten darf, gnädge Frau..? (Reicht Rosalien den Arm) Bis auf Wiedersehn, Freund!

Rosalie (leise zu Valmour.) Ich schick' ihnen Henrietten, so bald ich sie antreffe.

(Geht nebst dem Baron ab.)

Fünfter Auftritt.

von Valmour.

Sie haben es darauf angelegt, so wahr ich lebe? Was nun? Soll ich ihnen nachgehn? Das darf ich nicht; wenn ich mich nicht gänzlich bloß geben, dem bittersten Spott aussetzen will! Aber sie so ungestört beysammen zu lassen — das darf ich auf keinen Fall! Sie würden die Gelegenheit gewiß nicht ungenützt lassen; mich wohl gar für so einfältig oder treuherzig halten — Bin ichs denn nicht? Bin ich nicht der einfältigste Tropf auf Gottes weitem Erdboden, mich so übertölpeln zu lassen, mich gerade selbst in die Falle zu führen? Rasend möcht' ich werden! Noch ist es Zeit! Ich muß sie zurückrufen lassen — einen Vorwand ersinnen — (Klingelt.)

Sechster Auftritt.

Franz. von Valmour.

Franz. Gnädger Herr —

v. Valmour. Geh, eile! Sie soll kommen — unverzüglich! Ich müßte sie sprechen — in einer dringenden Angelegenheit!

Franz. Ganz wohl! Aber, darf ich fragen — ?

v. Valmour. Nun?

Franz. Wer kommen soll?

v. Valmour. Wer? Meine Frau! Hast du keine Ohren?

Franz. Die hab' ich; aber —

v. Valmour. Sie ging mit dem Baron von Sternberg durch den Garten in das Gehölz.

Franz. Wohl!!

v. Valmour. Es beträf eine Sache von Wichtigkeit!

Franz. Ganz wohl!

v. Valmour. Ich müßte sie ihr aber allein entdecken — unter vier Augen!

Franz. Ganz wohl!

v. Valmour. Du rufst sie beyseit, damit es der Baron nicht hört —

Franz. Ganz wohl!

v. Valmour. Sagst ihr, daß sie den Baron in dem Garten zurücklassen möchte, unter dem Vorwande, daß eine Freundinn sie eiligst zu sprechen wünschte.

Franz. Ganz wohl! (Geht ab.)

Siebenter Auftritt.

von Valmour.

O Rosalie! Rosalie! Ist es so weit gekommen? In so wenig Stunden — von der zärtlichsten Zuneigung, zu einem Leichtsinn, der beynahe an Frechheit gränzt! Unglaublich — und doch wahr — leider nur zu wahr! Gern wollt' ich glauben, daß mich meine Sinne täuschten, Eifersucht mich blendete! Aber ihre Blicke, ihr Betragen, ihr eignes offnes Geständniß — das ängstliche Bestreben, mich immer näher an Henrietten zu fesseln — Alles, alles überzeugt mich von meinem Unglück, von ihrer Treulosigkeit! Und wer weiß, wie weit ihre Vertraulichkeit mit dem Verräther schon gegangen ist, wie weit sie in diesem Augenblick‥? Nein! Daß ist nicht; daß kann nicht seyn! So tief kann sich Rosalie unmöglich erniedrigen‥! Aber weibliche Rache‥! Mein Beyspiel, meine eigne Thorheit‥! Sie hält sich — und ist gewisser Maßen dadurch berechtigt, nach dem nähmlichen Maßstabe gegen mich zu verfahren —(Nach einigem Nachdenken) Ja — um dem Fortschritte des Uebels so früh als möglich vorzubeugen, seh' ich mich gedrungen, ohne alle Wendungen herauszugehn, ihr meine Gesinnungen ohne Rückhalt zu eröffnen — Sie kömmt! Ihr offner freyer Blick verkündigt ein unbefangnes Gewissen‥ Wenn ich mich betröge, wenn‥ Nun ist mir wieder aller Muth entfallen!

Achter Auftritt.

Rosalie. von Valmour.

Rosalie. Was befehlen sie, lieber Valmour?

v. Valmour. Ich wollte nur‥ Wo ist der Baron?

Rosalie. Ich ließ ihn in der großen Allee, wo er meine Zurückkunft erwartet. Aber darf ich wissen‥?

v. Valmour. Die Sache betrifft‥ Ich schreibe so eben an ihren Bruder, und wollte nur fragen, ob sie etwas mit einzurücken hätten, oder einen Brief mit beylegen wollten?

Rosalie. Nichts, als meinen herzlichen Gruß, melden sie ihm, und ich ließ ihn bitten, uns bald zu besuchen.

v. Valmour. Wollen sie nicht lieber selbst ein Paar Zeilen schreiben?

Rosalie. Unnöthig! Ich habe seinen letzten Brief schon beantwortet. Befehlen sie sonst noch etwas?

v. Valmour. Nichts; als ==

Rosalie. Der Bediente sagte mir: es beträf eine Sache von Wichtigkeit ——

v. Valmour. Nun ja — ich glaubte, wußte nicht, daß sie bereits selbst geschrieben hätten; vermuthete also ==

Rosalie. Ich dank' ihnen für diese besondre Aufmerksamkeit, lieber Valmour! Wie gesagt! Einen Gruß — Das Uebrige weiß mein Bruder — Erlauben sie nunmehr ==

v. Valmour. Wohin denn, so eilig?

Rosalie. Je nu! Zum Baron! Er erwartet mich — Auch will ich sie nicht von ihren Geschäften abhalten.

v. Valmour. Wenn ichs recht überlege, so kann ich die Briefe auch mit der nächsten Post besorgen; es wird heut ohnedieß zu spät!

Rosalie. Wie sie wollen — also, bis auf Wiedersehn!

v. Valmour. Hilf Himmel! Eilen sie doch, als wenn ihnen das Haus über dem Kopf einzustürzen drohte! Was haben sie denn zu versäumen?

Rosalie. Es wird spät, lieber Valmour — und ehe wir aus dem Gehölz wieder zurück kommen ‚‚

v. Valmour. Ist denn der Spaziergang dahin so nothwendig?

Rosalie. Wie gesagt, lieber Freund, der Baron erwartet mich, und sie wissen, daß ich nicht gern wider den Wohlstand verstoße; auch hab' ich noch eins und das andere mit ihm zu verabreden.

v. Valmour. Also wohl Sachen von Wichtigkeit?

Rosalie. Wie sie sich auch stellen, lieber Freund! Sie wissen ja — sind von meinem Plane unterrichtet.

v. Valmour. Von ihrem Plane?

Rosalie. Je nu! Den Baron immer näher an mich zu ziehn, seine Neigung für mich so viel als möglich anzufeuern, um dadurch meine Wünsche und ihre Absichten auf Henrietten desto eher in Erfüllung zu bringen.

v. Valmour. Scherz ist Scherz, gnädge Frau! Aber, meiner Meinung nach treiben sie diese Sache ein wenig zu sehr ins Ernsthafte!

Rosalie. Und warum soll ich das nicht? Es ist ja eine Herzensangelegenheit, und die kann man nie ernsthaft genug betreiben.

v. Valmour. Aber, so öffentlich! Vor den Augen des ganzen Hauses! Was soll die Welt davon urtheilen?

Rosalie. Je! Mag doch die Welt davon urtheilen was sie will; wenn ich nur in ihren Augen gerechtfertigt bin.

v. Valmour. Das ist eben die Frage!

Rosalie. Die Frage? Haben sie mir nicht ein Mahl für alle Mahl die Erlaubniß gegeben, mein Herz zu verschenken?

v. Valmour. Ihr Herz zu verschenken? Also — sie lieben den Baron im Ernst? Lieben ihn wirklich?

Rosalie. So zärtlich als möglich!

v. Valmour. Es ist doch bey Alledem sonderbar — possierlich könnt' ich sagen, daß eine Frau sich so ohne alle Umstände, einen Liebhaber wählt, und es noch dazu ihrem eignen Manne mit der größten Freymüthigkeit gesteht!

Rosalie. Das Beyspiel ist freylich nicht alltäglich; aber daraus können sie sehn, wie groß meine Freundschaft, wie unbegränzt mein Vertrauen gegen sie ist!

v. Valmour. O, es ist zum Bewundern!

Rosalie. Aber, bester Freund! Sie sagen mir das alles mit einer so finstern Miene, und im Grunde ist doch die Sache äußerst angenehm und lustig?

v. Valmour. O sehr lustig! Sehr drollig! (Mit erzwungnem Lachen) Sie lieben den Baron, der Baron liebt sie; sie vertrauen das ihrem eignen Manne, und der Mann ist ein so guter Narr, sich das alles gefallen zu lassen, ohn' ein Wort dazu zu sagen! Das ist in der That außerordentlich lächerlich! Ha, ha, ha!

Rosalie. Bey Alledem scheint mir doch ihr Beyfall nicht so ganz natürlich!

v. Valmour. Meinen sie? Ich bewundre ihren Scharfblick! Mir scheint es beynahe auch so —! Aber, was kümmert sie der Schein?

Rosalie. Das nimmt mich Wunder! Denn eigentlich müßt' es doch für sie sehr beruhigend seyn, daß ich sie durch meine Eroberung von einem so gefährlichen Nebenbuhler befreyt habe!

v. Valmour. Und mich nimmt es Wunder, daß sie so weit gehn können, mir alle fünf Sinne abzusprechen! Ich kann doch, Gottlob, noch sehn, hören und empfinden! Wenn sie den Baron lieben, so ist es doch wohl sehr natürlich, daß sie mir einen Nebenbuhler an die Seite setzen!

Rosalie. Das kann unmöglich ihr Ernst seyn, lieber Valmour! Seitdem wir einig geworden sind, uns nicht mehr zu lieben, so hören ja alle Verhältnisse dieser Art unter uns auf.

v. Valmour. O Rosalie! Sie sind grausam!

Rosalie. Gefällig wollen sie vermuthlich sagen. Geb' ich mir nicht alle Mühe, ihre Wünsche zu befriedigen?

v. Valmour. Nur zu viele Mühe!

Rosalie. Hm! Sie scheinen mir im Ernst ganz verändert, lieber Valmour! Was fehlt ihnen? Reden sie frey! Ich bin ja ihre Freundinn, und nehme Antheil an ihrem Kummer — Kann ich ihn lindern, heben = =?

v. Valmour. Muß mich das nicht empfindlich kränken, wenn ich von ihnen, die einst mein ganzes Herz besaß, hören muß, daß sie mich nicht mehr lieben?

Rosalie. O, von mir ist ja die Rede nicht mehr, liebster Freund! Die Zeiten sind vorbey! Zwar kann ich nicht läugnen — unsre Trennung hat mir manche Thräne gekostet!

v. Valmour. Unsre Trennung?

Rosalie. In Ansehung unsrer ehelichen Verbindung, lieber Valmour! Denn das Band der Freundschaft unter uns = = =

v. Valmour. Sie lieben mich also nicht mehr?

Rosalie. Als Freundinn, von ganzem Herzen!

v. Valmour. Aber als Frau?

Rosalie. Darf ich das! Sie haben mir es ja selbst untersagt.

v. Valmour. O Rosalie! Wie können sie so grausam seyn, mir eine Uebereilung so hoch anzurechnen?

Rosalie. Uebereilung? Sie scherzen!

v. Valmour. Unbesonnenheit! Leichtsinn —! Nennen sie es wie sie wollen; ernstlicher Wille war es nie!

Rosalie. Denken sie nur zurück, lieber Valmour! Haben sie mir nicht, mit aller Ueberlegung, mit aller Gegenwart des Geistes, alle Ausbrücke und Aeußerungen von Liebe und Zärlichkeit untersagt — mir sogar ernstlich verbothen, es der Welt zu erkennen zu geben, daß wir verehlicht sind? Haben sie mir nicht, ohne allen Anlaß, ohne die mindeste Anfrage, ganz offenherzig gestanden, daß sie mich nur als ihre Freundinn lieben könnten, und nun andern Frauenzimmern ihre Zärtlichkeit widmen würden? Haben sie mir nicht noch vor wenig Stunden, durch eine fußfällige Liebeserklärung an Henrietten, den überzeugendsten Beweis ihrer Herzensänderung gegeben? Was blieb mir also übrig, als ihrem Winke zu folgen, und da sie mir allen Antheil an ihrem Herzen untersagten, mich für den Verlust ihrer Zärtlichkeit wenigstens durch die Erhaltung ihres Zutrauens und ihrer Freundschaft zu entschädigen?

v. Valmour. O Rosalie! Wie sehr beschämen, demüthigen sie mich! Ich fühle mein ganzes Unrecht, alles Thörichte, Lächerliche meines Benehmens! Aber sie — eine liebreiche, vernünftige Gattinn..! Wie konnten sie so gleichgültig seyn, das alles zu dulden? Warum suchten sie nicht diese strafbare Grille in der Geburt zu ersticken?

Rosalie. Liebster Ferdinand — Freund wollt' ich sagen — sie werden verzeihn! In der Zerstreuung denk' ich mich noch immer in jene glücklichen Zeiten zurück — Bedenken sie es selbst! Wenn ich ihr Herz im geringsten hätte zwingen, oder sie durch Klagen von ihrem Vorsatze hätte ablenken wollen, was würd' ich dadurch gewonnen haben? Meine Seufzer und Thränen hätten sie, bey dem ersten Feuer ihrer Leidenschaft, zwar beunruhigt, aber nicht gerührt; nach und nach würden sie ihnen gleichgültig, und endlich gar unerträglich geworden seyn; sie würden mich gehaßt, und das Band der Ehe, welches sie gesetzmäßig an sie knüpfte, verabscheut haben..! Kurz -- Ohne diese so höchstnöthige Fassung würd' ich mir nimmermehr den geringen Theil von Zärtlichkeit, welchen sie noch jetzt unter dem Nahmen der Freundschaft gegen mich äußern, erhalten haben.

v. Valmour (sich mit beyden Händen das Gesicht bedeckend.) Ich Unsinniger!

Rosalie. Dieser Ueberrest von Zuneigung war mir ein wahrer Trost bey meinem Leiden, und — ich gesteh' es ihnen offenherzig — noch jetzt ist er für mich so nothwendig, von so hohem Werthe, daß ich mir ihn um keinen Preis in der Welt verkümmern lassen würde!

v. Valmour. Edelmüthigste, beste unter allen Frauen! Nicht einen Theil meiner Zuneigung — nein! mein ganzes Herz, meine ganze Zärtlichkeit, die vollkommenste Liebe, Achtung und Bewunderung besitzen, verdienen sie!

Rosalie. Ey, ey, liebster Freund! Sie versehen sich --! Ich bin nur ihre Frau.

v. Valmour. Meine Geliebte, meine Gattinn; die ich nur allein lieben und ewig lieben werde.

Rosalie. Zuviel, lieber Valmour! Wie leicht könnten sie eine solche Erklärung wieder bereuen! Wahr ist's! diese Versicherung würde, wenn ihre Sinnesänderung aufrichtig wäre, mein ganzes Glück ausmachen. Ich darf nur an die ersten Tage unserer Vereinigung zurück denken, da uns noch Liebe und Zärtlichkeit beseelte, da wir noch, unbesorgt um die Welt, uns selbst lebten, nur uns einander zu gefallen bestrebten --! (Bis zu Thränen gerührt) Es war wohl ein reitzendes Vergnügen!

v. Valmour. Nicht dieß Gemählde, Rosalie! Es erneuert meinen Schmerz, wirft mir den schwärzesten Undank vor! O Gott! Jetzt bleibt mir nur die Erinnerung an jene seligen Augenblicke! Sie sind dahin, unwiederbringlich verloren! Ihre Liebe, ihre Achtung, das höchste Glück meines Lebens --! Mein treuloser Freund hat sich nun des Herzens, dessen Werth ich so sinnlos verkannte, bemeistert --!

Rosalie. Nicht so völlig als sie glauben —

v. Valmour. O Rosalie! Sie schmeicheln mir nur aus Mitleid! Wie könnt' ihr Herz gegen einen so leichtsinnigen, undankbaren Ehemann auch nur der geringsten zärtlichen Empfindung fähig seyn.

Rosalie. So unmöglich, wäre dieß nun eben nicht! Allein, was würde mir es nützen, einer Schwachheit Raum zu geben, die ich doch, aller Wahrscheinlichkeit nach, in wenig Tagen wieder bereuen müßte!

v. Valmour. Das sollen sie nie, Rosalie! Ich liebe sie — ich habe nie aufgehört, sie zu lieben, selbst in den unglücklichen Augenblicken, da ich für Henrietten Liebe zu empfinden wähnte! Mein Herz widersprach stets jener thörigten Grille, die mein Leichtsinn zu befriedigen wünschte! Jetzt weckt mich die Gefahr, das Kostbarste auf der Welt, ihre Liebe und Achtung auf immer zu verlieren, wieder auf, läßt mich meine Thorheiten nach ihrem ganzen Umfange einsehn, und führt mich, von Reue und Liebe durchdrungen, zu ihren Füßen zurück! Reden sie, Rosalie! Sprechen sie mein Urtheil! Darf ich Verzeihung erwarten? Darf ich hoffen••?

Rosalie (ihn aufhebend.) Verräther! Du kennst meine Zärtlichkeit —

v. Valmour. Rosalie! Hör' ich recht? Ists möglich? Sie verzeihn mir?

Rosalie. Alles — nur keinen Rückfall!

v. Valmour. Theuerstes, bestes Weib! Nie — nie! Bey Strafe deines Hasses, deiner immerwährenden Verachtung schwör' ich, dich nur
allein

allein zu lieben, dich nie wieder, auch nur durch einen Gedanken von Untreue zu betrüben!

Rosalie. In meine Arme, Ferdinand! So bist du meinem Herzen theuer! Nun bist du aufs neue mein Eigenthum, und ich bin von diesem Augenblick an auf immer die Deinige!

Neunter und letzter Auftritt.

Henriette. Baron. Vorige.

Henriette. Wie? Trügen mich meine Augen? Ungetreuer! Heißt das sein Versprechen halten? Kaum erklären sie mir ihre Liebe, so find' ich sie in den Armen einer andern — und was ganz unerhört und unverzeihlich ist — in den Armen ihrer eignen Frau?

Rosalie. Schelten sie nicht, liebste Freundinn! Mein Ferdinand hat sein Unrecht erkannt, aufrichtig bereut, und ist nun ganz wieder der Meinige! Er wollte vorhin bloß einen Versuch machen, ob es ihm möglich wäre, mir ungetreu zu werden — Er sah Henrietten, bewunderte sie, sprach von Liebe; aber er fand, daß selbst ihre Reitze nicht vermögend wären, ihn ganz von mir abzulenken.

Henriette. Es flattert der Sperling,
    Entschlüpfet dem Käfich —
    Er flattert und flattert
    Von Einer zur Andern,

Und buhlet vergebens —!
Kehrt endlich voll Reue,
Beschämt und getreuer,
Ins offne Gefängniß
Zur Gattin zurück!

Gratulire zu ihrem Triumph, meine Beste! Baron! machen sie ja keinen ähnlichen Versuch, und flattern und flattern! Bey mir möchten sie auf alle Fälle den Käfich verschlossen, oder gar durch einen Getreuern besetzt finden!

v. Valmour. Wie? Sollte der Baron so glücklich seyn - -?

Henriette. Ja, zärtlichster unter allen Ehemännern! Er ist so glücklich, so gefällig, sie von einer Menge schwarzer Sorgen zu befreyen; denn eigentlich war es nicht Rosaliens, sondern Henriettens Käfich, den er suchte.

v. Valmour. Also war es nur Verstellung?

Henriette. Eine bloße Komödie, etwas natürlich vorgestellt!

Rosalie. Ja, liebster Ferdinand! Die Liebe half mir diese List erfinden, um dein Herz wieder an mich zu ziehn; der Baron und Henriette waren meine Gehülfen.

v. Valmour. So viel Liebe, so viel Nachsicht - -! O Rosalie! Henriette! Baron! Könnt' ihr mir verzeihn?

Baron. Gar keine Frage, lieber Freund! Ich bin ihnen noch obendrein Dank schuldig; denn ihre Reue und Rückkehr zu Rosalien waren die

Bedingungen, unter welchen die liebenswürdige Henriette meine Wünsche zu erfüllen versprach. Es wird nun auf sie ankommen, ob sie bey diesen guten Gesinnungen verharren, oder aus Liebe für eine eingebildete Freyheit, meine Hoffnungen wieder vereiteln, und einen neuen Roman anspinnen wollen?

v. Valmour. Nein, bester Freund! Mein Roman ist geendigt! Von nun an entsag' ich allen scheinbaren Reitzungen der Freyheit, und werde mich mit ihnen vereinigen, in dem Besitze einer liebenswürdigen vernünft'gen Frau das höchste Glück des Lebens zu suchen.

Ende des Lustspiels.